Les Ecarts du prince Hailing

Roman érotique Ming traduit du chinois par Huang San et Oreste Rosenthal

Éditions Philippe Picquier

東 亞 叢 書

BIBLIOTHÈQUE ASIATIQUE
N° 61

Titre original : *Chuxiang piping Hailing yi shi*

Mas de Vert
B.P. 150
13631 Arles cedex

Illustrations intérieures et de couverture : collection Jin Feng, Taiwan

Conception graphique : Picquier & Protière

ISBN : 2-87730-458-2
ISSN : 1251-6007

Sommaire

à Susanna

Introduction

Les romans libres chinois se ressemblent et ne se ressemblent pas. Si le ressort en demeure identique, il ne bande pas toujours identiquement, comme l'auront noté ceux qui prêtèrent attention aux titres parus depuis quelques années sous le signe du *Bonze lisant* (qui serait en fait un garçon de bains fixant son livre pour ne pas regarder les baigneuses). Les uns pastichent l'historiographie officielle, créant une distanciation savoureuse entre le style et le sujet. D'autres se dissimulent derrière un apologue bouddhique, jouant de l'attrait du péché. Voici de grands récits héroïques aux brillantes batailles amoureuses. Voici des contes fleuris entrecoupés de longs poèmes (difficilement traduisibles). Voici des tableaux édifiants d'une société qui ne l'est guère.

Il en va encore autrement avec ce roman-ci, qui s'inscrit dans la tradition des récits de conteurs de places du marché. Le texte mêle donc la langue parlée à la langue classique et se plie volontiers aux lois du genre : verbiage, détails oiseux pour tenir l'auditoire en haleine, rôle accru des domestiques, prétexte à dialogues salés... Une langue érotique assez simple cependant. L'érotique érotiquante s'accommode de la solitude du cabinet; nous avons ici une érotique de tréteaux, plus farce qu'émouvante.

La scène se passe à la ville et à la cour de l'empereur Hailing (Haïling), de la dynastie tartare Jin qui domina la Chine du Nord de 1115 à 1234 (tandis que les Song se réfugiaient au sud du fleuve Bleu). Mais rien, sauf les noms tartares sinisés, ne rappelle ces lointains barbares, et tout évoque les mœurs contemporaines des Ming. Hailing est un odieux personnage, usurpateur de surcroît, mi-Don Juan, mi-Sardanapale, mi-Ubu. Un simple pivot pour des histoires de femmes : histoires encore comiques lorsqu'il n'est que prince, devenant dramatiques à mesure que croît sa tyrannie. En fait, dans un cadre historique assez abrupt sont enchâssées trois ou quatre anecdotes longues et quelques courtes, bien menées, bien contées, n'échappant cependant pas à une certaine disparate et une psychologie sommaire. Les hommes sont jaugés à l'aune de ce que vous savez; les servantes sont rusées et cupides; les dames… que les dames ne soient pas insensibles, c'est l'assiette même de toute littérature romanesque; n'en discutons pas ici le bien-fondé.

L'ouvrage est non seulement anonyme mais rarissime. Il n'est mentionné nulle part, tant de source publique que privée. Au cours de ses pérégrinations, Huang San n'en a rencontré qu'un seul exemplaire, chez un collectionneur de Shanghai qui l'autorisa à le copier. Les livres de cet amateur avaient été saisis pendant la Révolution culturelle et confiés à la bibliothèque de la ville. Après la tourmente, ils furent restitués, mais la bibliothèque conserva un microfilm de ce volume inconnu, remarqué vers 1970 par un chercheur, M. Shen Jin (à présent à

Harvard), lequel vient récemment (1995) d'en faire une présentation dans le *Shumu jikan*, « Revue trimestrielle de bibliographie », de Taiwan.

Il s'agit d'une édition des Ming, correctement imprimée et en assez bon état. Manquent toutefois les illustrations, les trois premières pages de la préface et quatre à cinq pages de la fin [1] ; en outre, les commentaires en marge sont devenus peu lisibles. Le titre est *Chuxiang piping Hailing yi shi*, « Histoire des débauches de Hailing, illustrée et commentée » (*HLYS*).

La préface exprime une vive hostilité envers les Mandchous, ce qui conduit à penser que ce livre fut publié à un moment où ceux-ci constituaient une menace sérieuse pour la Chine, mais ne l'avaient pas encore envahie. On sait en effet que les tribus jürchet (ou jürchen), descendantes des Jin, après une forte montée en puissance, commencèrent à se tourner contre la Chine en 1609 ; et que leur fédérateur, Nurhaci, reprit l'ancien nom de Jin pour fonder une nouvelle dynastie en 1616, nom qui sera changé en Qing après la conquête de 1644 [2]. Une allusion, dans le roman, à l'album *Fengliu juechang*, « Folâtreries galantes » (cf. n. 1, p. 51), publié en 1606, nous donne une date butoir haute : *HLYS* ne pouvait paraître qu'après. La date butoir basse est constituée par la publication en 1627 du recueil de contes *Xingshi heng yan*, « Propos éternels pour réveiller les

1. La fin a pu être rétablie grâce au texte du *Xingshi heng yan*. Une édition critique en chinois figure dans la collection complète d'érotiques chinois *Si wu xie huibao*, Taiwan Encyclopoedia Books, CNRS, 1995.

2. Il n'est pas interdit de penser que la virulence de cette préface explique la disparition de l'édition après la prise en main mandchoue.

endormis », compilé par Feng Menglong [1], dans lequel le vingt-troisième conte, intitulé « Jin Hailing zong yu wang shen », « Hailing des Jin s'abandonne à ses passions et va à sa perte », ne fait que reprendre le texte de notre roman, mais amputé d'une petite moitié. L'estime peut encore être affinée au moyen du tabou sur les noms d'empereur : on ne constate pas de tabou sur les mots *chang* (constant), *jiao* (comparer) et *jian* (restreindre) figurant dans les noms des trois derniers empereurs Ming; le roman n'a donc pas été publié sous leur règne, et il faut remonter au quatrième empereur avant la fin, Wandi, mort en 1620. Ce qui, en admettant que l'idée de s'en prendre aux Jin dans un roman a pu suivre la promulgation de la nouvelle dynastie Jin, situe la parution de l'ouvrage entre 1616 et 1620, ou encore, en cas de non-respect du tabou de l'empereur, entre 1616 et 1627.

Le corps du texte ne comporte qu'un ou deux commentaires, mais il y a plus de cent cinquante commentaires en marge, exclusivement faits de citations du célèbre opéra *Xixiang ji*, « Le Pavillon de l'aile ouest ». Notre premier mouvement fut bien sûr d'inclure les commentaires dans la traduction; mais il apparut vite que ces notations, sans doute suggérées d'abord par plusieurs allusions dans le roman à des personnages de l'opéra, étaient de simples associations d'idées, n'apportant rien au texte, et exigeaient pour être comprises une bonne connaissance dit *Xixiang ji*. Il eût fallu éclairer chaque citation par son contexte, ce qui entraînait de proche en proche à tout traduire et nous fit reculer. Mais rien n'empêche

1. Feng Menglong (1574-1646), homme de lettres dont trois recueils de contes connaîtront une durable notoriété sous le titre de *San yan*.

de lire cette belle histoire d'amour dans la traduction de George Soulié de Morant.

L'ouvrage est signé de deux pseudonymes : « Wuzhe daoren (Taoïste à la compassion sans limite) a rédigé » ; « Zuihan jushi (Sot novice enivré) a critiqué ». Aucun élément ne nous permet de percer cet anonymat. Dans son article, M. Shen Jin croit pouvoir attribuer le roman à Feng Menglong en personne. Auquel cas, après avoir écrit et publié *HLYS* séparément, Feng Menglong l'aurait inclus dans *Xingshi heng yan*. Or, on constate des erreurs de caractères et de mauvaises coupes, trahissant une lecture rapide de l'original, et que l'auteur n'eût vraisemblablement pas commises. On constate également qu'auteur ou non, Feng Menglong, en intégrant *HLYS* dans sa collection, et sans doute pour le ramener aux dimensions d'une nouvelle, a élagué des épisodes souvent bien venus, en particulier ceux qui n'étaient pas directement liés à Hailing, faisant perdre au roman beaucoup de sa verdeur.

Le thème est tiré du *Jin shi*, « Histoire des Jin » (rédigé sous la dynastie Yuan), et notamment des « Biographies des concubines ». Des phrases entières, les rangs et promotions des concubines, presque tout le début et la fin en sont issus. Ces passages sont naturellement en langue classique. Sur cette trame, l'auteur tisse son récit et le nourrit de la riche tradition des conteurs populaires. Le ton change du tout au tout, les aventures s'embourgeoisent, les digressions abondent, les dialogues fusent. Autant d'épisodes d'origines et d'importance diverses, sans grand souci d'unité. Un ouvrage, en définitive, bien situé dans son temps : la littérature de la fin des Ming et du début des Qing se développe dans un milieu ouvert, cultivé et bohème. Les grands noms sont tout à la fois poètes, romanciers, dramaturges, éditeurs, parfois chefs de troupe de théâtre, comme Li Yu. Ils sont particulièrement à même de brasser culture populaire et culture savante.

Il ne manque pas d'études consacrées à ces questions. Pour m'en tenir à celles que j'ai sous la main, outre la précieuse *Histoire du roman chinois* de Lu Xun, John L. Bishop et André Lévy [1] se sont longuement penchés sur les *San yan*. « Ces histoires, dit Bishop, représentent un stade intermédiaire entre l'écrit et l'oral. [...] Tandis que le récit conserve nombre de structures et traits de style inhérents à la littérature orale, le développement de la narration, la maturité de l'écriture en langue parlée, le distinguent des livrets de conteur. » « La mise par écrit du chinois parlé, note encore Bishop, est un processus à développement lent. » (On peut même soutenir qu'il n'est pas terminé.)

Le grand succès et les nombreux tirages des *San yan* firent peu à peu disparaître les ouvrages en amont, qu'il ne sembla plus nécessaire de rééditer et qui se raréfièrent donc considérablement. Il en reste néanmoins, il s'en découvre encore (la preuve...), et on lira avec attention l'analyse très fouillée que leur consacre André Lévy. L'intérêt du *Hailing yishi*, qui se trouve réédité ici pour la première fois depuis les Ming, est de n'avoir encore (et pour cause...) donné lieu à aucune étude, de n'avoir jamais été traduit, même dans la version abrégée de Feng Menglong, et donc de nous restituer un stade antérieur plus complet, plus savoureux et plus proche des sources. Ainsi, de relais en relais (et en traduction), prêtons-nous l'oreille à la voix assourdie du conteur, du rhapsode, du barde...

---

1. John Lyman Bishop, *The Colloquial Short Story in China,* Harvard, 1956. André Lévy, « Etudes sur trois recueils anciens de contes chinois », *in T'oung Pao,* vol. LII, 1-3, 1965, p. 97-148.

Notice

Peuple des confins nordiques, les Kitat (origine du nom Cathay) créent en 906 sous le nom de Liao un important empire englobant la Mandchourie, la Mongolie et des régions du nord de la Chine. Pékin est la capitale du sud de cet Etat promptement sinisé. La dynastie chinoise Song, désireuse de reconquérir le Nord et Pékin, s'allie aux Jürchet, tribus d'origine toungouse du nord-est de la Mandchourie. Les farouches guerriers jürchet prennent les Liao à revers et entrent dans Pékin en 1122. La dynastie Liao s'effondre en 1125.

Forts de leurs succès, les Jürchet fondent une dynastie en 1115, les Jin (l'Or). Tout pouvait en rester là ; mais, par leurs exigences, les Song irritent leurs dangereux alliés, qui reprennent l'offensive, traversent le fleuve Jaune, prennent Kaifeng, la capitale Song, en 1126, emmènent l'empereur prisonnier, ravagent le Sud, prennent Nankin, Hangzhou, et ne se replient au nord qu'en 1130. Entre-temps, un fils de l'empereur Song était passé au sud du fleuve Bleu et avait été couronné en 1127. Les Song (dès lors appelés « du Sud ») établissent leur capitale à

Hangzhou. Certains veulent poursuivre la guerre, menés par le valeureux Yue Fei (qui en 1138 sera tué par les défaitistes), les autres préfèrent payer tribut aux Jin. (On verra un des personnages du roman partir en ambassade chez les Song pour négocier le tribut.) La paix est signée en 1142.

Lorsque Hailing usurpe le trône, en 1149, les opérations militaires sont terminées (ce qui lui laissera le loisir de s'occuper des dames). La capitale Jin est transférée de Mandchourie à Pékin en 1153. Cependant, Hailing prépare en 1159 une grande offensive terrestre et navale contre les Song (attribuée dans le roman à son désir de s'approprier une concubine Song d'une beauté inouïe). Le début et la fin du roman, entièrement empruntés au *Jin shi*, « Histoire des Jin », mentionnent ces préparatifs. L'armée Jin entre en campagne en 1161, lorsque Hailing est renversé par un coup d'Etat et tué, en « raison de ses forfaits et du mécontentement du peuple ». Ce mécontentement est une allusion à des révoltes paysannes. La guerre a néanmoins lieu. Les Jin sont vaincus à la bataille de Caishi (Anhui). La paix est signée en 1164.

Ne se résignant pas au voisinage des Jin, les Song commettront au début du XIIIe siècle la même erreur qu'au temps des Liao. Ils s'allieront aux Mongols. Mais cette fois, après avoir non sans peine détruit les Jin en 1234, les Mongols s'empareront de la Chine entière, mettront fin à la dynastie des Song et réaliseront le rêve immémorial des barbares piaffant à la frontière de l'empire.

Rapidement sinisés, les Jin calquent l'administration chinoise.

Leur Etat est divisé en cinq provinces dotées de capitales secondaires. Après certaines modifications dues au déplacement du centre de gravité vers le sud, les régions s'établissent ainsi : Zhongjing, Centre, capitale Daxingfu, autrement dit Pékin (Pékin, en chinois Beijing, « capitale du Nord », sera appelée capitale du Nord, du Centre ou du Sud, selon la localisation de la dynastie ; dans ce roman, Pékin est « capitale du Centre ») ; Nanjing, Sud, capitale Kaifeng ; Xijing, Ouest, capitale Datong, Shanxi ; Dongjing, Est, capitale Liaoyang, Mandchourie (c'est la capitale d'origine des Jin) ; Beijing, Nord, capitale Linghuangfu, Mongolie intérieure.

Les titres honorifiques civils comportent neuf catégories, de 1 à 9 ; chaque catégorie se divise en deux rangs, titulaire *zheng* et suppléant *cong* ; chaque rang en trois niveaux, supérieur, moyen, inférieur ; soit en tout cinquante-quatre échelons. Les militaires ne disposent que de sept catégories, de 3 à 9, les deux premières étant uniquement civiles.

Les fonctions, tant des hommes que des femmes, tout en étant distinctes des titres honorifiques, se répartissent selon les neuf catégories. Attachés à l'empereur, trois maîtres et trois ducs sont dans la première catégorie. Parmi les membres du gouvernement, le premier ministre et ses trois adjoints (premier ministre de gauche, premier ministre de droite, ministre des Affaires d'Etat) sont dans la première catégorie également. Les trois vice-premiers ministres adjoints de gauche, de droite et d'Etat sont dans la deuxième catégorie ; et ainsi de suite pour les deux grands conseillers de gauche et de droite du premier ministre, les ministres à la tête des six grands ministères, etc. Les fonctions militaires se divisent en trente-quatre grades, répartis de la troisième à la neuvième catégorie. Les grands généraux en chef sont dans la troisième catégorie, etc. La carrière de Hailing, telle que tracée dans les premiers paragraphes du roman, suit parfaitement ce schéma. Il sera d'abord nommé *fengguo shangjiangjun*, général au quatrième rang de la hiérarchie militaire et appartenant à la troisième catégorie ; puis *piaojiwei shangjiangjun*, général au troisième rang de la hiérarchie, troisième catégorie toujours, puis *longhuwei shangjiangjun*, généralissime, premier dans la hiérarchie militaire. Il entre alors au gouvernement, devient vice-premier ministre de gauche, soit la quatrième position après le premier ministre, ce qui le fait accéder à la deuxième catégorie. Ensuite, il prendra un raccourci.

Les concubines sont des mandarin(e)s au même titre que les autres et sont classées tout aussi méticuleusement. Les cinq premières, dont le nom se termine en *fei*, la *yuanfei*, la *guifei*, la *shufei*, la *defei* et la *xianfei*, appartiennent à la première catégorie. Les neuf suivantes, dont les noms sont formés suivant le système croisé :

A. *zhao* 1. *yi*
B. *xiu* 2. *rong*
C. *chong* 3. *yuan*,

autrement dit A1, A2, A3, B1, B2, B3, C1, C2, C3, appartiennent à la deuxième catégorie. Puis vingt-sept d'entre elles, soit neuf *jieyu*, neuf *meiren*, et neuf *cairen*, appartiennent aux troisième, quatrième et cinquième catégories. Après quoi, quatre-vingt-une autres, à raison de vingt-sept par division, appartiennent aux catégories six à neuf. Enfin, ajoute le texte, d'*innombrables hors rang*. Je ne traduis pas ici les appellations des concubines, qui ne correspondent pas à grand-chose : toutes sont « lumineuses », « belles », « vertueuses »... On trouvera des traductions approximatives au cours du texte, uniquement pour la commodité de lecture.

A chaque « poste » (*li*) de concubine s'attachent un train de maison, des suivantes, une étiquette ; aussi importait-il que toute dame entrant au harem se voie avant toute chose attribuer un rang, de manière à connaître ses prérogatives. Même les dames de passage recevaient une appellation temporaire. L'inflation prodigieuse du harem devait certainement poser de sérieux problèmes de nomenclature.

Outre les notes, de menues informations figurent dans le texte entre parenthèses ainsi que, entre crochets, divers ajouts pour la compréhension, les transitions (le chinois les dédaigne), l'euphonie, jugés à tort ou à raison utiles par les traducteurs. Les illustrations sont la seule partie de l'ouvrage que la traduction n'eût pu abîmer ; malheureusement, celles de *Hailing yishi* ont disparu. Pour ne pas priver le lecteur de dessert, nous en avons glané quelques-unes, extraites de la collection Jin Feng, de Taiwan. Mais le fonds n'est pas inépuisable et les belles images se font rares.

Préface originale

(Il manque les deux pages du feuillet 1 et une page du feuillet 2.)

… l'extermination de tout un clan. La cruauté et les atrocités de ces Barbares, fermés aux rapports de souverain à ministre, insensibles aux relations de mari à femme et d'aîné à cadet [1], furent-elles jamais mieux illustrées que par la vie de l'empereur déchu des Jin, Wanyan Liang [2] ? Alors que ce Liang détestable n'avait pas encore atteint le sud du Fleuve et se proposait d'« arrêter son cheval sur les premiers contreforts des monts Wu [3] ». Le *Jin shi* relate qu'il fut cruel et rusé, débauché au-delà du possible. L'objet de sa luxure ne s'arrêtait pas aux épouses de mandarins et de gens du peuple, même ses proches, appartenant aux cinq degrés de parenté, subirent une passion incestueuse

1. Pour le confucianisme, l'Etat sera bien gouverné et la société en ordre si le souverain agit en souverain, le ministre en ministre, le père en père, le fils en fils.

2. Hailing, déchu, est ici appelé par son nom personnel.

3. Au moment d'attaquer la Chine du Sud, Hailing écrivit ce poème : *Je mène un million d'hommes vers le lac de l'Ouest, / J'arrête mon cheval au plus haut des monts Wu.*

que ne retenait aucun interdit. De ces malheureuses victimes, seule Pusuwan résista avec fermeté, mais elle dut finalement subir la pernicieuse loi du tyran ; seule Wulinda se pendit en chemin, et de cette manière évita l'opprobre. Toutes les autres, timides et soumises, se laissèrent faire. Placides et dénuées de honte, figées comme des tortues, couvertes comme chiennes, agglutinées comme cerf et biche, cupides comme outardes (maquerelles) ! Des singes débarbouillés et chapeautés ; des chevaux et des bœufs en robe de soie ! Quant aux infortunés époux, s'ils n'étaient pas expédiés vers les confins nordiques, ils étaient carrément mis à mort. A peine se permettait-on un regard oblique ; qui aurait osé murmurer ?

Ainsi en alla-t-il jusqu'à ce que Hailing envahisse le territoire Song (en 1161) ; mais il dut soudain rebrousser chemin vers le nord (à la suite d'un coup d'Etat), et ses officiers Yelü, Yuanyi et d'autres le tuèrent au bord du fleuve Bleu. Une flèche l'atteignit au ventre. On lui coupa les mains et les pieds. Un châtiment approprié à ses forfaits, mais qui venait bien tard.

Voilà ce qu'on peut attendre des Barbares. Ce tas d'imbéciles ne le savent donc pas ? Peut-être le savent-ils et regrettent-ils seulement que leurs femmes, leurs filles n'aient pas encore savouré l'étreinte du répugnant Barbare. Aussi le convient-ils à satisfaire ces dames et demoiselles. (Wuzhe) Daoren n'était plus maître de son courroux. Ce qui l'incita à écrire *Hailing yi shi*, le mot *yi* étant pris ici dans le sens de luxure, débauche [1]. Or, direz-vous, de

1. Et non dans le sens d'« histoire non officielle ». (Encore que les « histoires non officielles » soient souvent des récits de débauche.)

la débauche, quel enseignement tirer ? Et pourquoi diantre Daoren aurait-il pris la peine de rassembler tant de témoignages, d'y adjoindre des illustrations, si ce n'était afin de stigmatiser la cruauté et la dépravation de ces Barbares ! L'avertissement suffira-t-il à mettre en garde les benêts qui déjà se disposent à collaborer[1] ?

A l'instar du *Yi chou lü*, « Annales de la puanteur persistante », écrit par le sieur Li, ce livre traversera les siècles[2]. Il n'est en rien destiné à propager les mauvaises mœurs. Si, à sa lecture, les imbéciles se ressaisissent, il apparaîtra clairement que l'auteur ne s'est d'aucune façon livré à une apologie de la débauche.

ZUIHAN JUSHI

---

1. Ce n'est pas une simple clause de style. La collaboration eut deux moteurs (outre la bassesse naturelle à certaines âmes). D'une part, les Mandchous commencèrent par s'installer durablement dans les provinces du Nord-Est, où ils trouvèrent des administrateurs chinois disposés à jouer leur jeu. D'autre part, la cour Ming étant à la fois déchirée entre les coteries rivales des eunuques et des lettrés et menacée par d'importants soulèvements en province, d'aucuns aspirèrent à l'ordre mandchou. Ils furent servis. La part de sincérité dans cette préface patriotique à un ouvrage grivois ?… Bah ! les héros n'ont jamais dédaigné les dames.

2. Malheureusement, l'ouvrage a disparu et nous ignorons qui est messire Li. Ainsi, ce beau titre redevient disponible…

LES ÉCARTS
DU PRINCE HAILING

Première partie

Quand revient le printemps dans la ville il n'est heure
Où ne volent aux cieux les pétales de fleur.
Et vole et vole et vole et virevolte au vent
Tant la fleur des jardins que l'humble fleur des champs.

Un amoureux des fleurs se lève dès matine
Mais les trouve plus belles en la maison voisine.
Là s'émeut en secret le pistil de la rose
Quand le beau papillon sur sa candeur se pose.

Hailing imperator entend de toutes fleurs
A son plaisir ingrat asservir la fraîcheur
Et lier pour lui seul en un bouquet ardent
Tant la fleur des jardins que l'humble fleur des champs.

Empereur déchu des Jin, Hailing, de son nom personnel Liang, surnom Yuangong, nom tribal Digunai, second fils de Zonggan, prince de Liao, issu par sa mère du clan Dashi, naquit la sixième année Tianfu, soit l'an *renyin* (1122). La troisième année Tianjuan (1140), il eut dix-huit ans. Etant de sang royal, il fut fait général d'Etat et muté dans l'armée de Zongbi, prince de Liang, qui le nomma commandant de dix mille hommes puis le promut général en chef de la cavalerie. La quatrième année Huangtong (1144), il fut promu général en chef des Dragons et des Tigres, gouverneur civil et militaire de la capitale du Centre (Daxingfu, soit Pékin) et reçut le titre de grand dignitaire de la lumineuse faveur, grade civil de deuxième catégorie suppléant supérieur. Un personnage très dissimulé, impatient, soupçonneux, cruel, vindicatif.

Lorsque (en 1135) l'empereur Xizong monta sur le trône (succédant à Taizong, 1123-1135) en tant que petit-fils direct de Taizu (1115-1123, fondateur de la dynastie), Hailing, dont le père Zonggan était le fils aîné de ce souverain et qui en était donc lui-même petit-fils au même titre, en conçut envie et ressentiment. [A toutes fins utiles,] il s'employa à établir fermement son autorité dans la province du Centre, de manière à tenir le petit peuple sous sa coupe.

Xiao Yu, de son nom d'origine Yaoqi, était un Tartare Xi (Toungouses, de Mandchourie). Il commandait une unité de mille soldats dans cette même région du Centre. Hailing s'aboucha avec lui. S'entretenant souvent ensemble des affaires d'Etat, Yu lisait dans les pensées de Hailing. Il lui dit en confidence : « *Liushou* (gouverneur), votre père était précepteur de l'héritier du trône et fils aîné de Taizu ; vous jouissez d'un tel prestige que le cœur du peuple et la volonté du ciel vous sont acquis. Si vous nourrissiez quelque ambitieux dessein, je vous seconderais de tout mon pouvoir. » Hailing buvait ses paroles. Ils ourdirent un complot ; et si, en fin de compte, Hailing assassina l'empereur, Yu y fut pour beaucoup. Lorsque Hailing devint grand conseiller de gauche du premier ministre, il nomma Yu ministre adjoint des armées et assistant gouverneur de la région Sud (Kaifeng). Ensuite, Hailing fut transféré dans la région Nord (capitale Linghuangfu, à présent Obolocheng en Mongolie intérieure), en charge de l'administration centrale annexe [1]. Au moment de rejoindre son poste, il dit à Yu : « Pour établir mon pouvoir, il me faudra le concours de l'armée du Henan ; [votre tâche] sera de contrôler les deux He (Hebei, Henan), et de lever et diriger des

1. En raison de l'étendue du territoire soumis aux Jin, des administrations centrales « annexes » siégeaient dans chaque capitale, habilitées à prendre toutes décisions sans en référer au Centre.

troupes vers le nord ; je compte sur vous pour inciter les commandants d'unité à me soutenir. » Accord conclu, Hailing partit. Mais par la suite, alors qu'il se trouvait à Liangxiang (à côté de Zhongdu, près de Pékin), il fut rappelé à la cour, où, son plan initial devenu impraticable, il [ne lui restait qu'à] tuer Xizong (en 1149) et à usurper le trône. Il nomma Yu à la tête du secrétariat d'Etat. En son cœur, Hailing haïssait les fils de Taizong (ses cousins) ; il résolut de s'en débarrasser et mijota son coup avec Yu, être éminemment fourbe et dangereux. Zongben, tuteur du prince héritier, Bingde et d'autres furent impliqués dans une affaire de haute trahison. Hailing tua Zongben et Tang Guabian, envoya des sbires tuer Bingde, Zongyi... Entre fils et petits-fils de Taizu, plus de soixante-dix personnes. Entre fils et petits-fils de Zong'an, prince de Qin, plus de trente personnes. Après la mort de Zongben, Yu incita un serviteur de ce dignitaire, du nom de Xiao Yu, à adresser à la cour une lettre dénonçant son maître pour rébellion, document largement diffusé dans l'empire et dont bien entendu personne ne fut dupe. A titre de récompense pour la mort de Zongben, Hailing nomma Yu conseiller de gauche du bureau des Affaires d'Etat, au grade de première catégorie moyen supérieur, en charge de commandements militaires ; outre une gratification de vingt millions de sapèques, quatre cents chevaux, autant de têtes de bétail et quatre mille moutons. Au bout de deux mois, il le fit ministre d'Etat ; Yu s'acquitta de ses fonctions en despote, tranchant de tout à sa guise, la cour entière ployant devant celui qui jouissait de la confiance de l'empereur. Ultérieurement, convaincu de trahison, il fut autorisé à mettre fin à ses jours.

La deuxième année [de son règne], Hailing permit aux fonctionnaires d'avoir deux secondes femmes, et aux gens du commun de prendre des concubines. Auparavant, alors qu'il n'était que premier ministre, Hailing n'avait guère plus de trois ou quatre épouses. Lorsqu'il monta sur le trône, [son épouse] la princesse née Dudan fut nommée *huifei* (gracieuse princesse) ; ensuite, elle devint impératrice. Sa deuxième épouse, née Dasi, devint *guifei* (précieuse princesse), puis *huifei* ; la première année Zhenyuan (1153), elle fut promue *shufei* (élégante princesse) ; la troisième année Zhenlong (1158), promue *yuanfei* (première princesse). La troisième épouse, née Xiao, fut faite *zhaoyong* (dame lumineuse, deuxième catégorie) ; la deuxième année Tiande (1150), elle fut exceptionnellement promue *shufei* ; la deuxième année Zhenyuan (1154), promue *chenfei* (princesse des appartements privés). La dame née Yelü fut nommée *xiuyong* (dame attentionnée) ; la quatrième année Tiande (1152), elle fut promue *zhaoyuan* (dame brillante) ; la première année Zhenyuan (1153), promue *zhaoyi* (dame de clarté) ; la troisième année Zhenyuan (1155), promue *lifei* (ravissante princesse). Tant que le harem ne comporta que ces trois dames, les préséances et les prérogatives étaient à peu près observées. Mais lorsque de Hailing le cœur extravagant, la frénésie de débauche commencèrent à poindre, le nombre de concubines crût jusqu'à former douze catégories : des *zhaoyi* aux *chongyuan* (dames de plénitude), neuf rangs ; puis les *jieyu* (délicates), *meiren* (belles), *cairen* (talentueuses), trois rangs. Loin au-dessous, la dernière catégorie incluait les dames de service. Hors rang, en quantité innombrable... Il fit construire des palais pour loger tout ce monde.

[Faire venir] une seule poutre coûtait vingt millions[1]. Tirer un chariot nécessitait la force de cinq cents hommes. Ce n'était partout qu'ors et soies chamarrées ; des dorures jusqu'au plafond comme s'il en pleuvait. Le coût d'un palais se comptait en centaines de millions. A peine terminés, on les abattait pour bâtir plus beau encore. Lorsqu'il s'agit de construire une flotte de guerre sur le fleuve Bleu, on abattit les chaumières des paysans pour se procurer des matériaux ; on fit bouillir les cadavres des défunts pour en extraire la graisse. User de la force humaine comme bœuf et cheval, dilapider les ressources de l'Etat comme boue et sable... Inutile de s'étendre davantage.

Venons-en à la *zhaofei* (princesse lumineuse) Alihu, de la famille Pucha ; fille du *fumaduwei* (gendre impérial) Meiliye ; gracieuse, fascinante, frivole, portée au plaisir... Bien des années avant son mariage, elle vit un jour son père Meiliye occupé à composer certaines médecines : *La jolie femme pousse de petits cris, Lance d'or ne cherra, Anneau sulfureux, Ceinture accommodante* et autres mixtures. N'en sachant pas l'usage, elle s'enquit discrètement auprès de la servante Ahxiliuke[2] : « Que

1. Il fallait les faire venir à grands frais de lointaines forêts du sud. Des ligatures de sapèques de bronze, pour atteindre ce chiffre faramineux. En s'emparant de la Chine du Nord, les Jin mirent la main sur de grandes richesses d'origine agricole accumulées durant une longue période de paix.

2. La transcription phonétique des noms étrangers au moyen de caractères chinois, selon certaines règles, toujours approximatives, demeure un permanent casse-tête ; en particulier si on ne sait pas de qui il s'agit, il est pratiquement impossible de retrouver le nom d'origine. La remarque vaut également pour les noms

signifient tous ces noms ? A quoi *langbatun* s'affaire-t-il donc ? » (*Langbatun*, sachez-le, est le nom donné au père chez les barbares [1].) Ahxiliuke répondit : « Ce sont des drogues de printemps. Lors de l'union, si l'homme ne peut pas combattre longtemps, il utilise *La lance d'or ne cherra*. Si son *yang* manque de vigueur, de grosseur, il emploie la *Ceinture accommodante*, l'*Anneau sulfureux*, et autres produits de même acabit. Ce sont toutes drogues destinées à accroître le plaisir pendant le déduit. » Alihu demanda : « C'est quoi, le déduit ? » Ahxiliuke : « Le coq couvre la poule, les chiens se montent dessus ; le déduit, c'est cela. » Alihu : « Ce déduit, c'est si bien, pour en faire tout un plat ? » Ahxiliuke : « Au début, on souffre, on a peine à le supporter ; mais au bout de deux, trois fois cela glisse tout seul et on y prend plaisir. » Alihu : « Les bestiaux le font par-derrière, les gens aussi ? » Ahxiliuke : « Le *yin* des filles se trouve au-dessous du nombril, ce n'est pas comme chez les bêtes. La fille s'étend sur le lit. Le garçon présente son *yang* et l'introduit sous le nombril. Puis il va et vient, entre et sort, jusqu'au moment admirable et délectable où se répand la liqueur d'amour, où la tête tourne à en mourir. Non, ce n'est pas par-derrière qu'on entre… Sauf ces jeunes et beaux garçons appelés nénuphars de

---

barbares sinisés. Cette transcription des noms étrangers peut se faire soit à l'imitation des noms chinois, en deux ou trois caractères les plus approchants possible, c'est la manière amicale ; soit de façon purement phonétique, en autant de caractères que nécessaire, ce qui permet de voir tout de suite qu'on a affaire à un diable étranger.

1. Seul commentaire inclus dans le texte original ; tous les autres sont portés en marge et sans lien avec le récit, comme indiqué dans la préface.

pissotière[1], qui s'accouplent entre garçons comme mari et femme. Ceux-là entrent et sortent par l'arrière-cour, et vont et viennent comme avec une fille. Seulement, cet endroit n'est pas toujours très propre, et laisse sur le *yang* des marques vulgairement appelées *muxi hua*, fleur d'osmanthe. En général, ils s'accoudent au lit, et présentent leur derrière. Mais ils peuvent aussi s'étendre sur le dos et être possédés à la mode des femmes. Cependant, à mesure que lesdits nénuphars de pissotière prennent de l'âge, leur *yang* forcit ; s'ils s'unissent dans cette position, ce *yang* se dresse par-devant, ce qui est rien moins que gracieux. Aussi, pour mieux plaire, ont-ils soin de le plaquer contre le ventre au moyen d'une bande de gaze, d'un mouchoir, afin d'éviter qu'il lève la tête et gêne. Amusant, non ? » A ces mots, Alihu rit à n'en plus finir, se sentant malgré elle un peu remuée. « D'où te vient une si belle science ? » demanda-t-elle. « Oh ! dit Ahxiliuke en riant, votre servante n'est pas entièrement dénuée d'expérience en la matière. »

Peu après, Alihu fut mariée à un fils de Zongpan, nommé Ahudie. Ce Die ne présentait rien de remarquable ni d'admirable, il la blessa néanmoins, la rebuta et n'en obtint guère de satisfaction. Une fille leur naquit bientôt, qui reçut le nom de Chongjie. Après quoi, Alihu devint moins réservée et se soumit plus volontiers aux ardeurs d'Ahudie.

Par la suite, alors que Chongjie n'avait que sept ans, Ahudie fut exécuté. Sans attendre la fin du deuil, Alihu prit avec elle sa fille et convola avec

1. Littéralement garçons de latrines ; en Chine, leur appellation varie beaucoup selon les provinces et l'époque.

Nanjia, issu de la maison impériale. Cet époux se révélant porté à la luxure, Alihu se procura de ces drogues de printemps qu'utilisait son père, à l'usage de Nanjia – drainé nuit et jour. Chongjie observait attentivement leurs obscènes pratiques ; Alihu, fort à l'aise, ne cherchait même pas à s'en cacher. Tant et si bien que Nanjia perdit toute sa moelle et mourut de consomption. Son père, Dugesu, était maréchal, inspecteur de la région Sud. Sachant Alihu encline à la débauche, profondément corrompue et pour tout dire intenable, après la mort de Nanjia, il l'emmena avec lui à Kaifeng et la retint enfermée dans sa demeure, lui interdisant de communiquer avec quiconque.

Le bruit de la dépravation de Hailing, de sa quête effrénée de jolies femmes, était venu aux oreilles d'Alihu, qui enrageait que le ciel les eût placés en des lieux différents, les empêchant de prendre ensemble leur plaisir. Elle demeurait languide, mélancolique et insatisfaite. Or, apprenant l'arrivée de Hailing en la capitale du Sud, elle peignit son propre portrait et, dessous, calligraphia ce poème :

Alihu ! Alihu ! Yiguang et Mao qiang [1],
Ces antiques beautés, n'égalaient ses appas.
Son époux décédé, elle fut à Kaifeng

1. Yiguang, autrement dit Xishi ou Xizi, fameuse beauté de l'époque des Printemps et des Automnes ; le roi Gujian de Yue, vaincu par Fuchai, puissant roi de Wu, en 499, la fit éduquer et l'utilisa pour débaucher ce prince sans doute trop sensible, causant ainsi sa défaite ultime (cf. Henri Maspero, *La Chine antique,* Imprimerie nationale, 1955, p. 292) ; voir également n. 1, p. 58. Mao qiang, la dame d'honneur Mao (vers 465), ne nous est connue que par une allusion à sa beauté dans le *Zhuang zi,* chap. II, « Qiwu lun » ; un commentaire dit : « C'était la concubine préférée du roi de Yue. »

Livrée à l'incestueux Duge. Quel trépas !
Qui pour me secourir ouvrira cette trappe ?
Qu'enfin à mes tourments et ce destin j'échappe.

Le poème achevé dans le plus grand secret, par la vertu d'une épingle d'or tirée de sa coiffure et de dix onces d'argent, elle obtint du gardien de la porte que le rouleau scellé fût transmis à Hailing. Hailing avait certes entendu parler de la beauté d'Alihu, mais sans trop y prêter foi. A la vue du portrait, sa main se fit fébrile, son pied impatient ; aussitôt, il la désira. Quoi, soupirait-il, Dugesu posséderait cette beauté ! C'est par trop tenter le destin ! Il envoya sur-le-champ [quelque intermédiaire] avertir Dugesu qu'il souhaitait épouser sa bru. Que Dugesu n'y consentît pas ne signifiait nullement qu'il avait des relations adultérines avec elle ; c'est néanmoins ce que Hailing essaya de faire croire, sans convaincre personne.

Mais dès le troisième jour de son usurpation, il exigea qu'Alihu retournât chez ses père et mère, pour entrer au palais conformément au rituel. Ainsi Alihu put-elle de nouveau et mieux qu'auparavant s'adonner au vin et aux plaisirs. Hailing regrettait seulement de ne pas l'avoir rencontrée plus tôt. Au bout de quelques mois, il la nomma à titre exceptionnel *xianfei* (princesse vertueuse), puis *zhaofei* (princesse lumineuse). Le moment venu, Chongjie, fille d'Alihu et d'Ahudie, le propre cousin de Hailing, fut introduite à la cour et vint loger au palais [de sa mère]. Entré à l'improviste, Hailing la vit : elle atteignait l'âge de porter des épingles dans la chevelure ; très belle, attirante, elle tranchait sur le commun des mortels. Aussitôt, il s'enflamma, mais comment l'avoir, et éviter qu'Alihu n'y fasse obstacle ?

Le palais illuminé en grand pour qu'on y voie comme en plein jour, à l'aide de drogues d'amour son *yang* rendu dur, chaud, raide, noueux, impatient, inépuisable, Hailing entreprit tout à la fois Alihu et ses suivantes nues, [ne doutant pas de parvenir ainsi] à troubler Chongjie. Chongjie entendit les jeux et les ris, s'approcha silencieusement [de l'huis], l'oreille tendue, cherchant un interstice pour voir. D'un regard, elle embrassa la scène. Alihu, renversée dans un fauteuil, à qui deux petites servantes dévêtues soulevaient les jambes; sa porte *yin*, luxuriante, et comme battue par la pluie et le vent d'orage. Alentour, les suivantes nues : l'une écartait les jambes, l'autre relevait les pieds, celle-ci avait suspendu ses talons par les bandelettes [qui enveloppent les] pieds et entrouvrait sa vulve à deux mains, celle-là reposait une jambe levée contre la balustrade du pavillon; toutes et chacune, fossés profonds, hautes murailles, prêtes à subir l'assaut. Hailing, produisant son formidable *yang*, de gauche pénétrait le *yin* d'Alihu et s'activait un moment, de droite enfilait le *yin* de telle suivante et lui donnait quelques centaines de coups. Pénétrait-il ici qu'on l'attirait là, entrait-il là qu'on l'entraînait ailleurs. Mêlée ardente, gestes avides, corps pâmés. Attitudes lascives, conduite éhontée, offusquant la vue. Doux gémissements, propos confus, laissant l'oreille abasourdie. Chongjie observait intensément, l'esprit égaré, le cœur failli, prête à forcer la porte, à se précipiter dans la salle. La honte la retint. Selon l'expression, si elle avait su l'effet que cela lui ferait, elle aurait préféré ne pas regarder! La débauche de Hailing se prolongea jusqu'à la quatrième veille, que son *yang* macérait encore dans le *yin* d'Alihu. Allongée sur le dos, elle

ne bougeait mie, soûle, épuisée, n'en redemandant plus. Les suivantes, complètement éteintes, s'étaient endormies. Calme et silence. Seule Chongjie se mordait les doigts, le cœur battant ; se tournait et retournait tout habillée sur sa couche et ne parvenait pas à s'endormir. Pelotonnée sous la couverture, elle soupirait, les yeux grand ouverts.

Soudain, elle entendit de nouveau du bruit chez Alihu. Elle fut tentée de se relever pour aller voir, mais la tête lui faisait si mal qu'elle la reposa sur l'oreiller et écouta. On cognait à sa porte, elle ne répondit pas ; les coups devinrent plus insistants, elle finit par demander qui était là. Hailing prit une voix de femme, prétendit venir pour la lampe et la pria d'ouvrir. Chongjie se dressa péniblement et alla tirer le verrou. Hailing fondit sur elle, l'enlaça, cherchant ses lèvres. Chongjie tenta d'abord de lui échapper. Hailing la renversa de force sur le lit ; et déjà sa main fouillait entre les cuisses. Elle ne portait qu'une chemise, pas de pantalon, et découvrait une peau douce et polie comme graisse figée. Il approcha la lampe, lui ouvrit les jambes et fit porter la lumière sur l'entre-deux : le tertre d'un blanc pur, bombé, tel un petit pain cuit à la vapeur qui commencerait à lever ; le sillon incarnat prêt à s'entrouvrir sous l'effet de la cuisson ; aux bords humides, l'écume trahissait l'émoi de la donzelle.

L'ayant caressée, maniée à sa guise, Hailing poussa son *yang* contre la fente. Chongjie s'était couvert la face de sa manche et le laissait faire. Elle n'avait pas idée que cela puisse faire mal. Il était d'ailleurs trop tard, la passion de Hailing l'emportait. Tel un pilon, son *yang* perçait l'hymen ; sur la chemise, une éclaboussure écarlate. Chongjie frونçait les sourcils, serrait les dents, gémissait, frissonnait, eût préféré n'être jamais née. Faisant effort pour se modérer, Hailing l'enlaça avec la tendresse et l'extase de qui, découvrant un bijou précieux, ne se lasse pas de le palper, n'en peut détacher les mains ; puis, malgré tout, poussa encore un peu son avantage. A peine si la tête de tortue disparaissait, mais, sous le coup de l'insupportable douleur, et oubliant toute modestie, Chongjie empoigna précipitamment le *yang*, suppliant Hailing de l'épargner. Ce *yang* dont la main ne faisait pas le tour et qui mesurait bien deux paumes et demie de long terrifiait Chongjie, secouée de tremblements, de sanglots, implorante... Hailing dit en riant : « Cette nuit, tandis que Nous nous amusions avec ta mère et les suivantes, tu étais tout yeux tout oreilles. A présent que te voilà instruite, tu pourrais te trémousser un peu, pour Nous être agréable. — En moi, je sens comme un couteau, comme du feu, dit Chongjie, mes âmes *hun* et *bo* s'envolent épouvantées, j'aspire à la mort, et vous voudriez que je frétille, que je saute de joie ! Que Votre Majesté ne me prend-elle plutôt en pitié ! — Nous tenons à toi comme à une rare merveille, répondit Hailing. Nous compatissons à ta souffrance. Vois, Nous entrons doucement, Nous n'abattons plus les murailles, Nous ne dévastons plus les retranchements. De ton côté, si tu accordais à ton souverain encore un petit pouce, cela permettrait d'aller et venir, tout doux tout doux. Et la prochaine fois, Nous pénétrerions entièrement ! » Chongjie suppliait et se débattait, ne sachant pas que le *yang*, comme la vive brème, plus on cherche à le retenir, plus avant il se faufile. De sorte qu'il gagna encore un pouce, atteignant l'endroit que Chongjie pressait de sa main. Le *yin* n'était que douleur, elle n'en pouvait plus. Ravalant ses larmes et mordant le drap, tout en subissant le va-et-vient, elle réfléchissait que Hailing s'était peut-être introduit de deux pouces et la déchirait affreusement. S'il pénétrait de bout en bout, cela ferait au moins six à sept pouces, et la douleur croîtrait en proportion. Comment sa mère et les suivantes pouvaient-elles prendre à la chose un tel plaisir, et elle seule n'y trouver que misère ?

Touché de sa détresse, pris de compassion, Hailing se versa du thé qui avait refroidi sur la table et but [1]. La semence se répandit peu après. A cet instant, Chongjie éprouva dans le *yin* comme une fièvre. Inerte, les yeux fermés, sans voix, à Hailing qui lui disait : « N'as-tu rien senti d'agréable ? », elle répondit : « J'ai toujours mal, comment sentirais-je quoi que ce soit d'agréable ? Que Votre Majesté me prenne seulement en pitié, et je ne m'estimerai que trop fortunée. — Nous comptons au contraire Nous unir à toi à longueur de nuit, répondit Hailing, mais ta mère est atrocement jalouse, mieux vaudrait qu'elle n'en sache rien. » Chongjie rendit grâces et se leva. Hailing quitta le palais. Il désigna quelques servantes pour lui constituer un train de maison, et la logea au pavillon Zaohua, à l'opposé de la résidence d'Alihu, de manière à tenir la concubine dans l'ignorance.

Le soir venu, Alihu fit de nouveau disposer des nattes, s'apprêter et se dénuder les suivantes, en prévision de la chasse que leur donnerait bientôt Hailing ; anticipant les plaisirs qu'elle ne manquerait pas de goûter, acceptant même d'en abandonner quelques miettes aux suivantes ; et se trouvait bien

---

1. Le thé froid relâchait la tension obtenue par les aphrodisiaques.

loin d'imaginer que pendant ce temps-là Hailing rendait hommage à Chongjie au pavillon Zaohua. Elles attendirent jusqu'à une heure avancée, leur excitation retomba, on alla se coucher.

Voyant que Hailing semblait vraiment entiché, Chongjie se fit une raison, obéit, soumit son corps, accepta son destin, ravala sa honte, supporta sa peine, s'efforça de faire bonne figure, craignant seulement de n'offrir à Hailing qu'un plaisir imparfait. Hailing, au contraire, appréciait sa gaucherie. De sorte que, légèrement, comme la libellule effleure l'onde, à petites touches, comme l'abeille et le papillon butinent, ils passaient leurs nuits en amusettes et badinages. Mais quand dix jours se furent écoulés sans que la *zhaofei* eût été honorée, celle-ci, livrée à sa sensualité ardente, ses chaleurs amoureuses dévorantes, en proie à l'anxiété de journées interminables, au point de ne pas s'apercevoir de l'absence de Chongjie, finit par ordonner à ses suivantes de s'informer sur ce qu'il était advenu de Hailing. Une suivante lui dit tout crûment : « L'empereur a une nouvelle flamme, il rejette l'ancienne. — Une nouvelle flamme, s'écria Alihu effarée, qui cela ? Entrée au palais depuis quand ? » La suivante dit : « L'empereur honore Ahu Chongjie au pavillon Zaohua. *Niangniang* (Notre Mère, appellation pour une impératrice) ne le sait-elle pas ? » Le visage d'Alihu s'empourpra, sa fureur enfla comme un incendie, elle se frappa la poitrine, trépigna de rage, couvrit Chongjie d'insultes. La suivante lui dit : « A disputer la suprématie, *Niangniang* ne ferait, je le crains, que se couvrir de ridicule, de plus, vous savez comme l'empereur est hargneux. Ce malheur est sans remède. — Depuis la mort de son père et mon remariage, mes relations avec ma fille étaient devenues inexistantes. Peu m'importent les railleries ; je jure que de cette dévergondée ou de moi l'une des deux ne vivra pas. L'empereur, qu'est-ce qu'il peut me faire ? » La suivante dit : « Chongjie est jeune et belle ; l'empereur y tient plus qu'à cent boisseaux de perles. *Niangniang* est âgée, mieux vaudrait, de son propre gré, ployer sous le vent. A quoi bon se fâcher ? » Ce propos redoubla la colère d'Alihu : « Lorsque l'empereur me prit, il jura de ne jamais me quitter. Qui aurait pensé que cette sale engeance viendrait m'ôter le pain de la bouche ! » Elle se rendit en hâte au pavillon Zaohua, trouva Chongjie à sa toilette, une servante tenant ses épingles de tête aux phénix à son côté. S'avançant, elle lui flanqua une gifle et éclata en reproches : « Ah ! c'est du propre ! Ainsi, oublieux de tout sentiment humain, monsieur se jette dans le dévergondage ! Quelle saleté ! Et toi, si jeune, ma propre fille, sans la moindre retenue, des relations illicites avec mon homme ! Tu n'as donc pas de cœur ! » Saisie de fureur, Chongjie se mit à hurler : « Vieille peau, indécente, éhontée, au grand jour, en pleine lumière, toi et tes bonnes femmes nues, pendues au mâle, assoiffées de plaisir, avides de jouissance ! Et moi, venue innocemment à la cour pour tomber dans ces rets lubriques, j'implore en vain la vie, j'implore en vain la mort ! A juste titre je t'en fais grief, innommable garce, soucieuse de ton seul confort, indifférente au malheur d'autrui, descendue à un degré jamais atteint d'ignominie ! Comment oses-tu encore venir me frapper ! » Agrippées l'une à l'autre, elles ne cédaient ni d'un mot ni d'un pouce, les servantes s'interposèrent, les adjurant de se calmer… Alihu retourna à son palais, écumante de rage, Chongjie pleura tout son soûl, et s'assit, morose. Dès son arrivée, Hailing vit des signes de chagrin sur le visage de Chongjie et, sur sa joue, des traces de larmes encore humides. Il s'accroupit devant elle et lui caressa le visage : « Que se passe-t-il, tu sembles mécontente ? » Pour toute réponse, Chongjie soupira profondément. Une suivante dit : « Son Altesse la grande concubine a giflé l'Honorable Visage ; elle a injurié Votre Majesté, c'est pourquoi notre précieuse maîtresse a perdu sa bonne humeur. » Ces mots suscitèrent la colère de Hailing. « Cesse de t'affliger, dit-il enfin à Chongjie, je ferai en sorte que cela ne se reproduise plus. » Depuis cette scène avec sa fille, Alihu se livrait sans réserve à son penchant pour la boisson, [et faisait retentir les murs du palais] de son ressentiment. Hailing envoya quelqu'un la sermonner, mais Alihu demeura intraitable et, abandonnant toute prudence, fit porter en secret des vêtements au fils de son premier époux Nanjia[1]. Hailing le sut et en prit ombrage : « M'appartenant tout entière, vous n'avez cependant pas renoncé à vos sentiments envers ces Dugesu. » Ainsi perdit-elle la faveur.

Hailing avait décrété que les suivantes attachées aux divers grades de concubine revêtiraient des habits d'homme. On les nommait « garçonnes ». L'une d'elles, une certaine Sheng'ge, au corps vigoureux et masculin, était au service d'Alihu. La voyant mélancolique, abattue, insomniaque, et sachant les désirs de son cœur ardent, elle chargea un eunuque du palais de se procurer certain substitut

1. Gage d'amour. Ce fils d'un premier lit de son mari était sans doute déjà grand.

souple appelé « maître Cornu ». Au moyen de rubans, elle le fixa en bonne position entre ses jambes, puis s'en vint dire à Alihu : « Notre maître n'est pas venu depuis des mois, *Niangniang* y pense toujours, n'est-ce pas ? » Alihu laissa couler des larmes silencieuses, accoudée à la table, sans répondre. Sheng'ge dit : « Que *Niangniang* cesse de se tourmenter, le maître ne vient plus mais, par chance, l'esclave détient un objet capable de chasser le chagrin, de dissiper la mélancolie. Si *Niangniang* y consent, son esclave osera lui en proposer l'usage. » Alihu sursauta : « Tu n'es jamais qu'une femme, dit-elle, de quel objet disposerais-tu, qui puisse soulager mon tourment ? » Sheng'ge dit : « Bien qu'elle ne soit effectivement qu'une femme, votre esclave possède un objet *yang* qui, si *Niangniang* le veut bien, lui sera d'un grand agrément et ne manquera pas de la satisfaire. — J'ai jadis entendu parler, dit Alihu, d'êtres ayant deux natures ; s'ils rencontrent un homme, ils s'unissent à lui comme à l'ordinaire ; s'ils rencontrent une fille, de leur *yin* sort un objet *yang*, et ils peuvent également s'unir à elle [1]. Serais-tu, par hasard, un de ces personnages aux deux natures ? — Ces êtres à la double nature, dit Sheng'ge, possèdent certes un *yang* propre à la copulation, mais tout petit, ni grand, ni gros, ni ferme, à peine suffisant pour des pucelles. D'une *Niangniang* prête à défier le vent et les flots, curieuse de vastes horizons, ce minuscule objet ne ferait que chatouiller le désir, quel intérêt y trouverait-elle ? L'objet de votre esclave provient de

1. Cf. *Seng ni nie hai* (*Moines et nonnes dans l'océan des péchés*, Picquier poche, n° 109, chap. « Une nonne du Jiangxi », p. 221).

pays lointains, apporté par des voyageurs étrangers. Il peut aller et venir, tourner et virevolter, et ne le cède ni à Aocao ni à Laodu[1]. Que *Niangniang* l'essaie seulement, et je ne doute pas qu'il ne dissipe son humeur chagrine. » Attirant Sheng'ge à elle, Alihu lui fit quitter son siège : « Voilà qui paraît bien invraisemblable ; tout de même, je suis curieuse de voir... Ne me fais pas languir plus longtemps[2]. » Sheng'ge rit de satisfaction. Alihu fit saillir sa vulve avide de caresse et y conduisit la main de la suivante. Enlacées, elles montèrent sur le lit, un même oreiller reçut leurs têtes unies. Lèvres jointes, impudiques, oublieuses de toute prohibition. D'un coup de reins, Sheng'ge engagea l'engin, imposant certes comme une hampe de lance, mais froid comme le fer. Alihu dit : « Pour entrer, cela entre, mais c'est rudement froid ! » Sheng'ge répondit : « A l'intérieur, vous brûlez ; après quelques allées et venues, il ne paraîtra plus froid. » Alihu rit, acquiesça, laissa Sheng'ge entrer et sortir, aller et venir, plusieurs centaines de fois ; et, pour insatiables que demeurassent ses désirs, son plaisir n'en fut pas moins extrême. Ah non ! on ne sentait plus ce froid du début. Enlaçant Sheng'ge, Alihu lui dit : « Tu es

---

1. Cf. *Ruyi qun zhuan* (*Vie du prince Idoine*), publié à la suite de *Vie d'une amoureuse*, Picquier poche, n° 6. Aocao est ce jeune homme atteint de gigantisme qui seul peut satisfaire l'impératrice Wu Zetian, des Tang ; Laodu, qui pouvait porter une roue de charrette au bout de sa ..., remplissait le même office auprès de l'impératrice mère de l'unificateur de la Chine, Qin Shi *huang di* – ainsi que rapporté par le grand historien Sema Qian, des Han (*Shi ji*. 85).

2. C'est également et mot pour mot ce que dit Wu Zetian à Aocao ; on sait que *Ruyi qun zhuan*, parmi les tout premiers textes du genre, fut fort copié.

vraiment mon époux ressuscité ! » Dès lors, elles couchèrent toujours ensemble, ne se quittant ni le jour ni la nuit. Une fille de cuisine du nom de Sannian, non avertie de ces particularités, prévint secrètement Hailing : « Sheng'ge n'est autre qu'un garçon déguisé en fille, son service auprès de la *zhaofei* est tout ce qu'il y a de plus irrégulier. » Hailing, qui ne s'était fait faute d'honorer Sheng'ge par le passé, savait pertinemment qu'elle n'était point garçon et ne se formalisa pas, se contentant d'envoyer dire à Alihu de ne châtier Sannian sous aucun prétexte. Mais Alihu, furieuse de ce que Sannian eût ébruité ses secrets d'alcôve, la fit fouetter à mort. Apprenant qu'un décès était advenu à la résidence de la *zhaofei*, Hailing comprit qu'il s'agissait de Sannian. « Si c'est bien elle, dit-il, je tuerai Alihu [1]. » Ses espions lui en donnèrent confirmation. Cette malheureuse affaire survenait dans le mois de la naissance du prince héritier Guangying et Hailing craignit l'influence néfaste d'une mise à mort. De leur côté, l'impératrice Dudan, suivie de l'ensemble des concubines, vinrent implorer sa clémence. Aussi sursit-il à l'exécution. Mais Sheng'ge, effrayée à la perspective du châtiment, prit les devants, absorba du poison et mourut. Sachant que Hailing avait l'intention de la faire périr et voyant Sheng'ge déjà morte, Alihu cessa de s'alimenter ; elle brûlait de l'encens jour et nuit et suppliait le ciel d'échapper à son destin. Au bout d'un mois, [on n'eût pas reconnu] Alihu, hagarde, dépérissante... Hailing la

1. Hailing n'éprouve aucune sympathie particulière pour la victime, mais entend préserver le système de dénonciation, pilier du régime.

fit étrangler, et tua en même temps les servantes qui avaient fouetté Sannian. Après quoi, il ne se rendit plus au pavillon Zaohua ; il en fit sortir Chongjie et la maria en dehors de la cour. Ce qui ne l'empêchait pas de l'appeler souvent et de l'honorer, lui conférant à chaque séjour le rang de *zhaofei* (princesse lumineuse).

La *roufei* (princesse gracieuse) Mile appartenait à la famille Yelü. Une beauté unique. Personne dans son clan qui ne s'en émerveillât. A partir de dix ans, elle devint plus belle encore et l'émerveillement grandit. Mile la toute première tirait gloire de sa séduction et se flattait de ne pas appartenir au genre humain. Sa mère et une dame du voisinage étaient liées et se rendaient souvent visite. Le fils de cette voisine, un assez joli garçon de douze ans nommé Hamidulu, et Mile jouaient ensemble dans leur chambre et se faisaient des niches sans trop se soucier des convenances. Si Mile ne soupçonnait pas que Hamidulu était loin d'être innocent, Hamidulu n'imaginait pas que Mile ignorait tout de la façon dont se font les enfants. Un jour, Hamidulu apporta dans sa manche un livret d'images de printemps, rejoignit Mile dans sa chambre, ouvrit le volume sur une table, pointa tel et tel endroit. Mile tourna attentivement quelques pages et dit à Hamidulu : « Ces images sont rudement bien dessinées, où les as-tu trouvées ? — Je les ai achetées. — Ah ! et cela s'appelle comment ? — Ces dessins se nomment *Fengliu juechang*, “Folâtreries galantes[1]”. » Désignant un objet *yang* sur le dessin, Mile demanda : « Cela, c'est quoi ? — Cela, c'est le petit oiseau des garçons. » Désignant alors sur le dessin un objet *yin*, elle demanda : « Et cela, c'est quoi ? — C'est le petit oiseau[2] des filles. » Mile dit, étonnée : « Le petit oiseau des garçons et celui des filles sont donc si dissemblables ! » Puis, à la vue d'un baiser : « Ces deux-là, dit-elle, bouche contre bouche, que font-ils ? » Hamidulu dit : « Cela s'appelle embrasser. Supposons que deux personnes éprouvent l'une pour l'autre une tendre affection ; lorsqu'elles se trouvent face à face, elles ne doivent pas se précipiter pour faire entrer le petit oiseau, mais d'abord s'enlacer et échanger un peu de salive. La pointe de la langue, tu me la colles dans la bouche, je te la colle dans la tienne. Chacun suce à son tour ; ainsi se manifestent leurs sentiments réciproques. Cela s'appelle *aspiration conjointe des langues parfumées.* » Ayant dit, il attira Mile à lui, l'enlaça par le cou et lui donna un baiser sans que Mile fît mine de s'y opposer. Il glissa alors la pointe de la langue dans la bouche de Mile, voulant qu'elle la suce. Mile reçut la langue, mais ne suça pas. Hamidulu dit : « Tu dois aussi me mettre ta langue dans la bouche. » Mile rit : « Ta bouche pue, si j'y mets la

1. Cf. van Gulik, *La Vie sexuelle dans la Chine ancienne,* Gallimard, 1971, chap. X, p. 399 ; l'ouvrage (intitulé par lui « Summa Elegantii »), comportant 24 planches gravées par Huang Yiming, parut en 1606 ; « L'exécution des nus y est très habile, et les positions sont souvent compliquées… »

2. Littéralement le vermisseau ; si le terme convenait aux garçons, il n'allait pas trop pour les filles.

langue, la mienne puera autant. » Voyant Mile de si bonne composition, Hamidulu lui mit sans plus attendre la main à la taille et entreprit de défaire son pantalon. Mile l'écarta : « Holà ! Qu'est-ce que c'est que ces mains baladeuses ! » Hamidulu dit, faussement niais : « Ton petit oiseau, je me demande s'il est comme celui qui est dessiné sur l'image, c'est pourquoi je voulais toucher un peu, pour me rendre compte. — Non mais dis donc, s'exclama Mile, et ton petit oiseau à toi, il est ou il n'est pas comme sur le dessin ? » Désignant le *yang* du dessin, Hamidulu dit : « Mon petit oiseau est tout semblable à celui-ci. » Désignant alors le *yin* du dessin, Mile dit : « Et mon petit oiseau à moi est tout semblable à celui-là, sauf qu'il n'a pas tous ces poils autour. — Cela m'étonnerait, dit Hamidulu affectant de ne pas la croire, cela m'étonnerait que comme par un fait exprès le tien et le mien ressemblent justement à ceux du dessin. » Mile rit : « Moi, je ne mens pas, mais j'ai bien peur que ce ne soit toi qui mijotes une attrape. — Une attrape ! dit Hamidulu, regarde seulement et tu seras édifiée. » Et se levant, il alla pisser dans la cour. Mile s'approcha pour regarder et vit en effet, sous le nombril de Hamidulu, quelque chose qui dépassait, de la taille d'un embout de pinceau, et mesurait bien deux pouces. Elle se couvrit la bouche : sans savoir pourquoi, cela la faisait rire. « Qu'est-ce qu'il y a de drôle ? dit Hamidulu. — Ce que tu as dit en effet n'est pas faux, et pourtant, de voir ce machin-là, je ne sais pourquoi, cela me fait rire, dit-elle. — Il n'y a pas de quoi rire, dit-il. Et maintenant, c'est à toi de me montrer ton petit oiseau, que je voie si tu m'as bien dit la vérité. » Mile rougit et ne voulut pas. Hamidulu insista jusqu'à ce que Mile s'accroupît et pissât. Le bruit, *dze-dze*, comme l'appel de la cigale ; le jet, *fen-fen*, comme murmure de la cascade. Hamidulu se pencha pour mieux voir. Tous deux rirent. Mile ayant fini son pipi, Hamidulu lui donna la main et dit :

Les deux petits oiseaux sont conformes à l'image.
Essayons à présent d'en faire l'assemblage.

« Quel puits de science ! dit Mile, seulement moi je ne comprends rien à ce que tu racontes. » Hamidulu rit et dit : « Quand tu le veux tu es intelligente et quand tu veux tu es bête. Je vais tout t'expliquer point par point. Mais d'abord, me fais-tu confiance, oui ou non ? » Mile rit à son tour : « Si ce que tu dis est convenable je te croirai, sinon je te frotterai les oreilles. Te voilà prévenu. » Hamidulu rit et commença : « Mon oiseau saille et pointe, il est rond comme un petit tuyau, mais si encombrant que je ne sais où le ranger. Ton oiseau se fend par le milieu, il est creux, rouge et profond. Si mon oiseau entrait dans le tien, ils s'ajusteraient à merveille. » Mile rit et ne répondit rien. Bon gré mal gré, Hamidulu la coucha sur le lit, défit son pantalon brodé et entama ses investigations :

Décorés de phénix de ravissants chaussons
A bouts pointus pointant vers le plafond ;
Fendus d'une fossette
Deux tendres mamelons ;
Pétale rouge au cœur de la fleurette ;
Après-pissée scintillante de gouttelettes.

Tirant parti de cette mouillure, il piqua dedans et, ma foi, cela entrait encore assez bien. Mile, quant à elle, fronçait les sourcils, grimaçait, présentait tous les signes d'une vive douleur. « Quel effet cela te fait ? demanda Hamidulu. — Comme d'une épine plantée dans la chair. On ne saurait dire que ce soit agréable. » Hamidulu, néanmoins, poussait toujours. « Ah ! non, tu me perces, j'ai trop mal », dit-elle. Il ralentit en conséquence ses allées et venues, sans pour autant y mettre fin. Mile avait de plus en plus mal et tenta de l'immobiliser en l'enserrant de ses bras blancs. « L'intérieur me fait horriblement souffrir, petit frère, cesse de t'agiter. » Docile, Hamidulu pressa sa joue contre la sienne, laissa aller son corps sur le sien et ne bougea plus. Mais, après un moment, il sentit que le *yin* s'humectait et devenait glissant, il poussa alors à fond et entra de bout en bout sans que subsistât le moindre interstice. Mile sentit une douleur fulgurante, se cambra et le fit ressortir. « Petit frère, dit-elle, arrête de tricher. — Moi, je triche ? — Oui, dit Mile, au lieu d'arrêter de remuer, tu me rentres dedans comme un loup furieux. Ce n'est peut-être pas de la triche ? — Loin de moi, dit Hamidulu, l'idée de t'abuser ; mais s'assurer que [l'élève est] ouvert [à l'enseignement], telle est la règle d'or (le *tao*) du maître. — Tu vois, dit Mile, que je ne suis pas impénétrable [à tout savoir] ; j'en trouve cependant l'accès trop abstrus et préfère renoncer. » Ils rirent et se levèrent. Bien que le *yin* lui brûlât, la satisfaction éclairait le visage de Mile. Par la suite, avec Hamidulu, à toute heure et en tous lieux, se poursuivit le petit jeu. On devint progressivement plus onctueuse, plus langoureuse, on ne fronçait plus, comme avant, les sourcils.

N. B. Sur la gravure ci-contre, noter le mannequin de rotin et le bac de glace, destinés à rafraîchir.

Un jour que Mile accoudée à la balustrade, seule, d'humeur songeuse, repensait à ses amusettes avec Hamidulu et partait d'un rire involontaire, le garçon survint par-derrière et la prit dans ses bras : « Qu'est-ce qui te fait rire ? Ai-je part à tes pensées ? — Mon corps, dit-elle, n'est que bois mort ; mon cœur, cendres refroidies. Alors, penser à toi… Si tu savais comme j'ai la tête ailleurs. » La voix d'Hamidulu se fit enjôleuse : « Ton corps est insensible mais ton cœur s'agite ; un cœur si agité s'accommode mal d'un corps si insensible, qu'attend ton corps pour se régler sur ton cœur ? — Ton corps, répondit Mile avec un grand sourire, ton corps est frénétique et ton cœur galope ; un cœur qui galope dans un corps frénétique, pourquoi le premier ne rattrape-t-il pas le second ? » Hamidulu rit : « Mon corps s'il frémit ne frémit que pour toi, mon cœur s'il galope ne galope qu'après toi. L'un et l'autre sont à vendre, mais pour toi seulement. S'il te plaît, convenons d'un petit prix, pour qu'on ne me traite pas de barbare du Sud qui s'accouple comme les bêtes (sans cadeaux). » Mile répondit : « Je n'ai pas le sou, tu n'as pas d'emploi, il ne me reste qu'à te flanquer dehors, pour qu'on ne me traite pas de galvaudeuse qui sort avec un chenapan. » Et ainsi, de ris en devis, s'accotèrent-ils à la balustrade pour effectuer la *danse du faisan doré qui se tient sur une patte*.

Suspendons un instant notre récit, estimé lecteur, pour nous demander comment cet Hamidulu, à peine âgé de douze ou treize ans, était suffisamment averti pour mener à bien son entreprise. C'est que ces barbares lascifs ne se gênent pas pour accomplir leur petite affaire devant les enfants ; et que celui-ci, futé et précoce, n'avait pas manqué de tout bien observer.

Ainsi instruit, il s'était rendu au marché, avait acheté plusieurs de ces livrets d'images de printemps et, les ayant serrés dans sa manche, était venu voir s'il ne pourrait pas se faire la petite Mile.

Tempus fugit! Cette amourette durait depuis plus d'un an, lorsqu'elle se trouva ruinée en un seul jour. Comme Mile prenait un bain dans sa chambre, ayant omis de tirer le verrou, Hamidulu entra à l'improviste. Elle lui dit aussitôt de sortir, car la servante allait apporter de l'eau chaude. Mais à la vue de Mile dans son baquet, le corps blanc comme neige, telle une colonne de jade, Hamidulu ne se tint plus de joie et voulut entrer dans le bain avec elle. « Va-t'en vite, cria Mile, on vient ! Tu me feras mourir de honte. » Au lieu de quoi, Hamidulu produisit son *yang* dressé :

La tige de jade délicieuse
Pénétrera la Voie laiteuse.
Le flot jaillit sous la Céleste Voûte ;
Quelle est celle qu'elle n'envoûte ?

« Non, continua-t-il, tu ne sais pas apprécier le suc de l'existence ! » Mais Mile ne voulait toujours rien savoir. Et je te tire et je te pousse, lorsqu'au beau milieu de la dispute parut la mère ! Hamidulu fila comme un voleur. Fort en colère, la mère de Mile la corrigea d'importance et, l'ayant bien morigénée, l'enferma à double tour ; ne la laissant plus se livrer, avec Hamidulu, à des jeux si intimes et si inconvenants.

Venons-en à la deuxième année Tiande (1150), Mile atteignait l'âge de porter des épingles dans la chevelure. Lorsqu'elle repensait à Hamidulu, la ligne mélancolique qui apparaissait entre ses sourcils, jointe à sa coiffure nuageuse, à son visage fardé d'une fraîcheur exquise, à son charme irrésistible, faisait d'elle une autre Xizi-au-cœur-souffrant[1]. Qui la voyait se récriait d'admiration. Hailing apprit qu'elle était belle. Il chargea le vice-ministre des Rites, Dinian'abu, de la ramener à Bianding (Kaifeng). Dinian'abu, de son nom chinois Xiao Gong, jeune, avenant, à croquer, était l'époux de la sœur aînée de Mile, Zetelan. Il n'eut pas sitôt vu sa belle-sœur qu'il eut envie d'elle, mais la crainte de Hailing l'incita à la sagesse, bien loin d'imaginer que Mile, séparée depuis longtemps de Hamidulu, se consumait des feux ardents du désir, et que, mise en présence d'un seigneur si bien fait de sa personne, séduisant, à l'élégance et aux manières recherchées, elle en tomberait aussitôt amoureuse. Mais ils ne voyageaient pas sur le même bateau, ce qui ne facilitait pas la communication des sentiments et autres échanges affectifs. Mile concocta donc un petit stratagème ; à savoir, qu'elle était importunée par des diables. La nuit, elle s'éveillait en criant… Les dames de son escorte, tout à fait désemparées, ne purent que prier Dinian'abu de passer sur le bateau de leur maîtresse pour être à même de lui porter assistance. Les esprits disparurent comme ils étaient venus, et les dames d'honneur ne soupçonnèrent pas un instant son dessein secret.

1. Xizi, dont nous avons déjà parlé plus haut (n. 1, p. 36), était atteinte d'une maladie de cœur ; mais la souffrance empreinte sur son visage lui octroyait un charme romantique supplémentaire. On disait de telle ou telle concubine qu'elle « fronçait les sourcils comme Xizi », c'est-à-dire qu'elle cherchait à imiter ses manières sans avoir sa classe.

Œillades, regards échangés, achevèrent de les enflammer. Incapables l'un comme l'autre de réfréner leur désir, ils s'attardaient à table, le soir, festoyant et plaisantant. Et ne se refusaient guère de privautés, sauf les dernières ; car Dinian'abu croyait Mile pucelle et redoutait, s'il attentait à l'intégrité de sa personne, les sanglantes représailles que ne manquerait pas d'exercer Hailing. Un soir, après qu'on eut accosté, la pluie se mit à tomber à torrents. Tous deux venaient de se retirer pour dormir lorsqu'une chanson se fit entendre. Dinian'abu, pensant [qu'elle pouvait être destinée à couvrir le bruit fait par] des voleurs, se dressa dans son lit et écouta. Sur la berge, des veilleurs de nuit se répondaient l'un l'autre aux accents d'un air champêtre :

La pluie à verse tombe et obscurcit les nues ;
Le perroquet pour s'abriter est revenu ;
L'hirondelle sans nid sur le chevron se pose ;
La belle-sœur avec le beau-frère repose.

Entendant cette chanson, Dinian'abu soupira : « Quiconque fit ces paroles veut de toute évidence me nuire, d'autant que c'est absolument faux. Comme dit le proverbe, "Qui n'a pas encore mangé le mouton sent déjà le suint". » Ce soupir n'était pas exhalé qu'il entendit le bruit d'un pas léger. Tournant les yeux, qui vit-il arriver sinon Mile, seule, l'air grave, s'avançant à pas menus jusqu'au lit. Dinian'abu lui demanda avec le plus vif étonnement : « Votre Grâce ressent-elle quelque indisposition ? — J'ai entendu chanter, répondit Mile, pas vous ? Votre Honneur a peut-être l'oreille dure, en raison de son grand âge ? — La chanson est bien parvenue à mes oreilles, dit Dinian'abu, mais j'ignore qui chante. Votre Grâce ne désire-t-elle pas prendre quelque repos ? — Je ne comprends rien à cette chanson, insista Mile, et j'avais espéré que Votre Honneur m'éclaircirait. » Dinian'abu pouvait difficilement voiler les implications désobligeantes de la chanson. Mile sentit le rouge lui monter au visage. Les oreilles en feu, elle se blottit contre Dinian'abu : « Voilà donc ce que dit la chansonnette ? Et quoi ! Aurai-je le nez rouge sans avoir bu, me déconsidérerai-je sans aucune compensation ?... » Gagné par sa griserie, Dinian'abu se dévêtit en un tournemain et, s'agenouillant devant le lit, s'écria : « Votre Grâce pardonnera-t-elle le manque de respect de son serviteur ? » Mile l'enlaça, le fit lever et dit : « Votre Honneur et moi sommes proches parents, liés comme entrelacs de vigne grimpante, ce n'est pas comme s'il s'agissait de personnes étrangères. Ne dit-on pas des beaux-frères et belles-sœurs qu'ils sont unis par des liens étroits ? (Elle joue sur l'homophonie de *lianjin*, "maris de deux sœurs", qui peut également signifier "lien de chair", de *lian*, "unis", et *jin*, "tendon, muscle, chair".) Alors, quel est-il ce lien qui les unit ? Grand mandarin que vous êtes, vous ne voyez pas où il réside ? » Et avançant la main, elle se saisit du *yang* de Dinian'abu, instantanément enflammé sous la délicate pression des doigts, brûlant comme le feu, dur et raide comme le fer, saillant de cinq pouces au bas du ventre, frémissant et vivace.

Mile pétrissait cet objet *yang*, partagée entre le bonheur et l'effroi. Pourquoi, me direz-vous, entre le bonheur et l'effroi ? Eh bien, pour la bonne raison que Mile n'avait encore batifolé qu'avec le jeune Hamidulu, dont la toute petite bite, entrant et sortant courageusement, l'avait si souvent comblée[1]. A la vue de celle dont elle aurait maintenant la jouissance, comment n'aurait-elle pas été heureuse? Mais, se souvenant de ses débuts avec Hamidulu et du mal que la mignarde bistouquette lui avait fait, à l'idée que cette grande-là ne manquerait pas de lui en causer bien davantage, comment n'aurait-elle pas été saisie d'effroi? Dinian'abu, cependant, déshabillait prestement la demoiselle. Et comme elle se disposait à éteindre la lampe, il lui dit : « Puisque Votre Grâce daigne m'accorder une affection si imméritée, ne vaut-il pas mieux conserver la lumière tandis qu'elle se délassera? La lanterne soufflée, nous serions plongés dans le noir; [quel dommage] de ne plus se voir. » Mile aisément persuadée, Dinian'abu fit reposer sur ses épaules les jolis souliers brodés de phénix et, approchant la lanterne, s'absorba dans la contemplation du minet.

La motte bombée et lisse, d'un blanc lumineux,
Le sillon étroit et profond, tirant sur le pourpre.
A défaut d'être une vierge sage,
Elle pouvait passer pour une immortelle du mont Gushi[2].

1. Ces récits, d'origines diverses, présentent une grande disparate dans le vocabulaire érotique. Lorsque le texte porte les mots *yin* et *yang,* désormais bien connus et à l'instar de l'expression « nuages et pluie » quasiment intégrés dans notre langue, ils ont été conservés pour éviter l'éternel embarras des termes de ce genre en français; lorsque le texte utilise l'argot, les traducteurs aussi. Les caractères chinois argotiques sont forgés sur la langue parlée; si on ne les connaît pas déjà, on ne peut pas les prononcer, et on ne les comprend que par le contexte, ici évident, certes.

2. *Sur le lointain mont Gushi habitent des génies. Leur peau est pareille à la neige brillante. Ils sont délicats comme des vierges. Ils ne mangent aucune des cinq céréales, mais ils hument le vent et boivent la rosée. Ils montent sur les nuées et chevauchent*

Dinian'abu, transporté de passion, s'abattit sur elle. Et, bien qu'un peu serrée, ne la trouva pas d'accès trop ardu. Encore une fois, estimé lecteur, je me tourne vers vous : Mile atteignait à peine quinze ans ; Dinian'abu, pour sa part, l'avait grande et belle ; pourquoi dès leur première rencontre Mile le supportait-elle plutôt bien et sans appréhension excessive ? C'est qu'auparavant, avec Hamidulu, elle s'était pas mal envoyée en l'air, et son chas, encore qu'étroit, commençait à se prêter. Hamidulu, cependant, était fort jeune et ne l'avait pas bien grosse ; n'allez donc pas croire que toute obstruction avait disparu comme par enchantement ! Mais à présent, ils s'enlacent et ne font qu'un, oublient leurs craintes, oublient les risques, s'aiment de toutes les manières, collés comme la glue, adhérents comme le vernis. Butine l'abeille, folâtre le papillon ; poses alanguies, tendre victime ; s'écoule le fluide du plaisir, s'épanche une dense rosée ; doux gémissements, voix confuses. L'un connaît l'amour de longue date, l'autre n'en a encore que peu goûté la saveur ; celui qui connaît l'amour de longue date veut cette nuit-là donner son va-tout ; celle qui n'en a encore que peu goûté la saveur éprouve enfin la plénitude des sens ; l'une pense un homme, un vrai, c'est tout de même mieux qu'un gamin, l'autre pense la petite belle-sœur est tout de même mieux que l'aînée. Celui-là ne se soucie plus des ordres stricts de son souverain ; celle-ci ne s'afflige guère de la ruine de sa virginité. De leurs

---

les dragons volants… Zhuang zi, chap. I, « Xiaoyao you » (trad. Lieou Kia-hway, coll. « Connaissance de l'Orient », Gallimard, 1969) ; mentionné également dans le *Shan hai jing,* « Classique des montagnes et de la mer » ; malheureusement, personne ne sait où se trouve le mont Gushi.

lèvres s'échappe un tendre murmure : s'ils n'ont pu naître le même jour, à tout le moins souhaitent-ils mourir ensemble. Que craint au monde un courage à ébranler le ciel ? Les canards mandarins s'ébattent cent ans parmi les nuages et la pluie, insatiables.

Chemin faisant, faisant l'amour du matin au soir et du soir au matin, même en tardant le plus possible, on finit quand même par arriver à Yanjing (autre nom pour Pékin). Le père de Dinian'abu, Xiao Zhong'gong, était gouverneur de la ville. Lorsqu'il vit que Mile ne présentait aucune apparence de virginité, il soupira : « Sur un simple doute, Celui d'en Haut ne manquera pas de tuer Gong. » Et encore ne savait-il pas que l'irréparable avait effectivement eu lieu. *Nolens volens*, il fallut bien franchir l'enceinte du palais. Mile avait conscience du désastre imminent et aurait voulu disparaître sous terre. En présence de Hailing, les larmes inondaient son visage ; pétrifiée d'effroi, elle se trouva incapable de se prosterner. Hailing la désira avec violence. Il fit aligner deux rangées de flambeaux et donna ordre aux suivantes de lui ôter ses vêtements tant du haut que du bas. Avec une satisfaction indescriptible, il pressa des seins, blancs, tendres, délicats, exquis. Puis sa main vint palper la féminine porte. Là, le petit passage lui parut [étrangement] enflé et, [pour une jeune fille] qui n'avait pas encore de toison, les deux lèvres [curieusement] palpitantes et frémissantes. Il ne lui en fallait pas davantage pour réaliser qu'il n'avait pas affaire à une vierge. Il commanda alors à la première concubine d'approcher avec une lampe et de l'éclairer. On vit Mile, les joues rouges, la fente *yin* humide, et tremblant de tous ses membres. Hailing, hors de lui, s'écria : « Dinian'abu m'a volé le premier sang ! Ah ! le salaud ! Ah ! il me le paiera ! » Il rugit en direction des eunuques de la ligoter et de la soumettre à un interrogatoire. [Mais ce ne fut pas nécessaire car] Mile avoua en sanglotant qu'à l'âge de treize ans elle avait été violée par Hamidulu, que tout venait de là et que Dinian'abu n'y était absolument pour rien. « Où est cet Hamidulu ? hurla Hailing. — Il est mort depuis longtemps. — Quel âge avait-il quand il est mort ? — A peine seize ans. » Loin de se calmer, Hailing s'écria : « Si Hamidulu avait seize ans à sa mort, sa bite ne pouvait qu'être inférieure à la moyenne ; or tu as la fente grande et large, ce n'est pas en couchant avec Hamidulu que c'est arrivé ! » Mile dit entre ses larmes : « Que l'humble servante meure sur-le-champ si Dinian'abu a quoi que ce soit à voir… — Je sais, je sais, coupa Hailing, en ricanant, Hamidulu reçut le premier sang et Dinian'abu en a profité pour prendre la suite. » Mile baissa la tête sans répondre. Le lendemain, elle quitta le palais et Dinian'abu fut mis à mort.

Mile resta plusieurs mois absente, puis fut rappelée et nommée *chongyuan* (dame de beauté, deuxième rang). Sa mère, née Zhang, reçut le titre de dame du pays Hua. Sa tante, née Xie, dame de la préfecture de Lanling, reçut le titre de dame du pays Gong. Le lendemain de son retour, sous le fallacieux prétexte d'une invitation de Mile, Hailing attira au palais Zetelan, veuve de Dinian'abu, et la prit de force. Il dit, très content de lui : « Dinian'abu n'avait pas son pareil pour pêcher en eau trouble, eh bien moi je pèche avec sa femme, ainsi nous voilà quittes. » Il promut Mile *roufei* (princesse gracieuse), affecta Zetelan à son service et les honora souvent.

L'épouse de Wu Dai, gouverneur de la région de Chongyi (?), se nommait Ding'ge et appartenait au clan Tanghuo.

Des yeux comme les rivières grossies d'automne ;
Telle Chang'e recluse en son palais lunaire.
L'entre-sourcils comme le printemps en montagne ;
Telles les filles-fées du lac de Jade vert[1].

On évoquerait sans fin ses mille grâces et ses dix mille séductions. Hailing se trouvant en ville l'entrevit par hasard derrière un rideau et fut frappé de sa beauté. Aussitôt, son âme *po* se sublima et son âme *hun* s'envola. Il demeura interdit un long moment, se demandant comment pouvait exister sur terre une

---

1. *Quand arrivait le temps de la crue d'automne, cent rivières déversaient leurs eaux... Zhuang zi*, chap. XVII. Chang'e ayant volé l'élixir d'immortalité se sauva sur la Lune. Yao chi, la mare de Jade vert, se trouve au pays magique où demeure Xiwangmu, la mère reine d'Occident. L'espace entre les sourcils est le point focal de la beauté féminine, à le comparer au printemps en montagne on est encore au-dessous de la vérité. Le poème joue sur les couples printemps-automne, rivière-montagne, lune-lac.

femme si belle ; et pourquoi fallait-il, hélas ! qu'elle fût tombée en d'autres mains. [Sans se laisser décourager pour autant,] il envoya une de ses créatures se renseigner discrètement sur la famille de la dame. Son espion lui apprit que c'était l'épouse du gouverneur Wu Dai, une femme d'un grand charme et du plus agréable commerce. Seulement, personne ne pouvait l'approcher ; et, de toutes les dames et domestiques de la résidence, une seule, la dénommée Guige, trouvait grâce à ses yeux et était particulièrement attachée à son service. Cette Guige, au reste, n'avait rien à envier à sa maîtresse au chapitre de la beauté.

Hailing élabora donc un petit plan. Il fit dire à une coiffeuse qui exerçait régulièrement son art dans la famille Wu Dai de venir chez lui le coiffer, et lui donna dix pièces d'argent pour sa peine. Cette coiffeuse connaissait l'âpreté de Hailing et redoutait sa puissance ; elle déclina de toutes les manières un salaire aussi disproportionné. Hailing lui dit : « En fait, ces dix pièces d'argent sont destinées à te récompenser pour un service que j'attends de toi, tu ferais mieux de ne pas refuser. » La coiffeuse dit : « Que Votre Excellence ordonne seulement ; si c'est en son pouvoir, votre humble servante mettra tout son cœur, toutes ses forces à votre service, point n'est besoin d'une si grosse récompense. — Si tu ne désires pas mon argent, dit Hailing en riant, c'est que tu ne désires pas te mettre à mon service de tout ton cœur et de toutes tes forces ; mais fais ce que je te demande, et, à l'occasion, je ne manquerai pas de faire de nouveau appel à toi. — Qu'attendez-vous donc de moi ? demanda la coiffeuse. — Cette belle demeure, à l'extrémité sud de la grand-rue, dit

Hailing, c'est bien la résidence du gouverneur Wu Dai ? — En effet, c'est bien la résidence du gouverneur. — On dit que tu vas souvent officier là-bas, c'est vrai ? — Son épouse et les dames de compagnie se fient toutes à mon modeste talent. — Il y a dans cette maison une esclave appelée Guige, tu la connais ? — C'est la suivante favorite de Madame. Nous sommes dans les meilleurs termes ; elle me donne souvent des vêtements en douce ainsi que toutes sortes d'affaires ; elle m'a prise, pauvre de moi, sous sa protection. — Et Madame, demanda encore Hailing, quel genre de femme est-ce ? — Ah ! Madame… Qu'elle est imposante, mais qu'elle est sévère ! Elle ne parle ni ne rit facilement. Il n'y a, allez savoir pourquoi, que cette Guige pour trouver grâce à ses yeux. Quand bien même serait-elle folle de rage, il suffit que Guige s'avance et lui adresse la parole, aussitôt plus rien ne compte. C'est pourquoi, au *yamen*, grands et petits la redoutent. — Puisque tu es en si bons termes avec Guige, dit Hailing, je vais te confier un message à lui transmettre de ma part. — Ah ! dit la coiffeuse, Guige est peut-être une parente de Votre Excellence ? — Non, dit Hailing. — Alors Votre Excellence la connaît sûrement parce qu'elle est en relation avec les servantes de votre palais ? — Pas non plus. — J'y suis, dit la coiffeuse, sans doute a-t-elle précédemment servi dans votre palais ? — Non et non ! s'impatienta Hailing. — Mais s'il n'existe aucun lien, que pourrais-je lui dire ? » s'écria la coiffeuse. Hailing dit : « Voici une paire de bracelets et une parure de tête que je te demande de porter à Guige de ma part, acceptes-tu, oui ou non ? — Pour ce qui est de les porter, dit la coiffeuse, pauvre de moi, je les porterai ; mais Votre Excellence

et Guige n'étant ni parents éloignés ni proches voisins, et ne vous connaissant d'aucune manière, quand je lui apporterai tant de belles choses sans raison apparente et qu'elle me cuisinera pour savoir d'où elles viennent, que lui répondrai-je ?
— Il y a du vrai dans ce que tu dis, concéda Hailing, cela ne servirait à rien de poser des devinettes. Aussi, écoute bien ce que je vais te dire, et décarcasse-toi pour ne pas faire capoter mon affaire.
— Expliquez-moi seulement de quoi il s'agit, lui assura la coiffeuse, et je m'en arrangerai. » Hailing dit : « Avant-hier, j'ai vu la femme du gouverneur qui se tenait derrière un rideau. Une beauté ! Mais je ne puis la rencontrer à aucun titre. Ayant su que tu as tes entrées dans cette maison, et aussi que Madame n'aime que la seule Guige, je te donne ces pièces d'argent pour que tu lui portes ces bijoux ; afin qu'à son tour elle transmette une lettre à sa maîtresse, m'obtienne une nuit d'amour et me conduise auprès de la dame. — Hou là ! dit la coiffeuse, c'est tout ce que vous voulez ? Autant chercher du froid dans le chaud et du chaud dans le froid. Madame est très pointilleuse et garde ses distances ; pauvre de moi, comment voulez-vous que je m'y prenne ? » Hailing se mit en colère : « Vieille truie ! si tu oses encore me dire une seule fois que tu n'iras pas, je te coupe à l'instant même ta vieille saleté de tête de truie ! » La menace fit se dresser d'effroi les cheveux de la coiffeuse. « Pauvre de moi, dit-elle, tremblant de la tête aux pieds, je ne dis pas que je n'irai pas, je dis seulement que cette affaire demande du doigté ; la précipitation gâterait tout. Pourquoi Votre Excellence prend-elle la mouche ? — Tu as encore raison, dit Hailing ; d'ailleurs, je ne suis aucunement fâché, mais

souviens-toi que tu as un mois tout rond pour mener cette affaire à bien. Et ne t'avise pas de lambiner ou de ne pas y aller de bon cœur. » La coiffeuse acquiesça avec empressement à tout ce qu'il disait, puis s'en retourna chez elle fort absorbée, pensant et ruminant toute la nuit sans savoir trop par où commencer.

Le lendemain, elle se leva matin, expédia sa toilette, serra sur elle les bijoux et s'en fut tout droit à la maison de Wu Dai. A peine entrée, elle tomba pile sur Guige. « Ah ! dit celle-ci, qu'est-ce qui vous amène chez nous de si bonne heure ? — Un mien parent, répondit la coiffeuse, qui a certaines formalités à régler m'a priée d'essayer de vendre une belle parure de tête au *yamen*, pour faire face aux frais ; c'est pourquoi j'arrive si tôt. — Une parure ? dit Guige, où cela ? Elle m'irait ? — Si elle vous irait ! s'écria la coiffeuse. Je serais heureuse que ce soit vous qui l'achetiez. — Combien de ligatures faudrait-il ? demanda Guige. Donnez, que je la voie. — Pas ici, dit la coiffeuse, allons dans votre chambre et je vous la montrerai. » Guige conduisit donc la coiffeuse à son logis, apporta de la cuisine fruits et friandises, et l'invita à se restaurer tandis qu'elle examinerait la parure. De sous sa robe, la coiffeuse extirpa d'abord la paire de bracelets et la posa sur la table. Sur les bracelets étaient incrustés quatre diamants *zumulü* (à reflets verts, de l'arabe *zumunrud*), scintillants et éblouissants, comme il s'en rencontre peu. A cette vue, la suivante fut transportée de joie. « Combien en demande-t-on ? dit-elle. — Deux mille pièces d'argent l'un, quatre mille pièces la paire. » D'étonnement, Guige laissa pendre la langue : « Je comptais en ligatures de sapèques, dit-elle ; s'il s'agit d'une telle somme, je suis bien entendu incapable d'acheter. Ma maîtresse elle-même ne serait pas en mesure de sortir ce montant d'un seul coup. Mais rien n'empêche d'admirer. Me permettez-vous aussi de soumettre à Madame l'appréciation de si beaux joyaux ? — Doucement, dit la coiffeuse, j'ai encore quelques explications à vous fournir, vous pourrez ensuite les lui montrer à loisir. — Dites-moi tout, dit Guige, à quoi bon faire des mystères ? » La coiffeuse reprit « Vous m'avez souvent accordé aide et assistance, et ma reconnaissance vous est acquise. Mais aujourd'hui, j'ai à vous dire une de ces choses si embarrassantes qu'on ne sait s'il faut avancer ou reculer, et j'ose espérer que vous ne vous fâcherez ni ne me blâmerez. » Guige dit : « Vraiment, vous paraissez avoir perdu la tête ce matin [*Ma commère, il vous faut purger / Avec quatre grains d'ellébore*]. Depuis des années que vous venez au *yamen*, y eut-il un seul jour où nous ne nous soyons parlé ? Pourquoi vos propos me fâcheraient-ils aujourd'hui, me choqueraient ? Allons, dites, dites ! — Ces bracelets, dit alors la coiffeuse, me furent confiés par un homme pour vous être donnés, point n'est besoin d'argent ; en outre, il y a aussi une paire d'épingles de tête. » Et tout en parlant, elle tira les épingles de sa ceinture et les posa sur la table. Pour le coup, Guige éclata de rire : « Vous êtes, ce me semble, devenue réellement toquée ! Depuis mon enfance, je vis dans cette résidence sans jamais en sortir, encore moins ai-je noué de relations avec quelque homme que ce soit ; pourquoi "un homme" me donnerait-il des bijoux pour une valeur de quatre mille pièces d'argent ? Je croirais plutôt qu'il s'agit d'une histoire de piston, et vous, malfaisante créature, ayant compromis en ville la réputation de probité de mon bon maître, vous essayez maintenant de m'embobiner avec ces bijoux. Sans doute votre combine a-t-elle été découverte, vous craignez d'être démasquée par Son Excellence et vous êtes venue au *yamen* de bonne heure me débiter un boniment et essayer de me refiler le paquet. — S'il en était ainsi, dit la coiffeuse, je mériterais mille morts. Approchez, que je vous parle à l'oreille. — Personne n'écoute, il suffit de ne pas crier à tue-tête. » La coiffeuse dit : « Ces bracelets, ces épingles, celui qui me charge de vous les remettre n'est autre que le deuxième fils de Zonggan, prince de Liao, présentement grand conseiller de gauche en charge de l'administration centrale annexe, j'ai nommé Son Excellence Wanyan Digu. » Guige s'esclaffa : « Un Wanyan [1]! Mais lequel ? Ne serait-ce pas ce beau garçon au teint clair, sans barbe ni moustache ? — Lui-même, dit la coiffeuse. Oui, c'est ce jeune et élégant seigneur. — Mais enfin, dit Guige, bien qu'il fréquente notre maître, leurs relations sont de simple courtoisie, purement formelles. Il n'appartient pas au clan de la maison, ce n'est pas un parent, pas même par alliance ; il n'entretient avec nous aucun lien d'amitié, pour ne rien dire de moi, qui ne l'ai seulement jamais vu face à face. Pourquoi diable m'enverrait-il tant de bijoux ? » La coiffeuse dit : « A vrai dire, c'est tout ce qu'il y a de plus extraordinaire et en même temps d'amusant. Je suis tenue de parler puisque "Qui reçoit la confiance subit l'exigence",

1. Nom de la famille impériale Jin. Hailing est le nom de règne du futur empereur ; pour l'instant, il se nomme encore Wanyan Liang (prénom chinois) ou Digunai (prénom barbare). Selon l'époque où se passent les anecdotes, Hailing est encore prince et relativement aimable, ou déjà empereur et de plus en plus cruel.

mais vous aurez peine à me croire et, lorsque je vous aurai raconté la chose par le menu, vous ne manquerez pas de tomber à la renverse. — Non mais quelle affaire vraiment ! s'écria Guige. Parlerez-vous enfin ! Le proverbe dit bien “Quand il faut parler, ce n'est plus le moment de se taire”. Alors, allez-y ! » La coiffeuse reprit son souffle, baissa la voix, et glissa à Guige dans le creux de l'oreille : « Voici quelques jours, le grand conseiller Wanyan passait dans la rue au moment où votre maîtresse se tenait derrière les rideaux ; il la vit et résolut aussitôt de s'accointer à elle. Mais il ne disposait d'aucune sorte d'introduction ; aussi, ayant appris que vous étiez la seule à pouvoir ouvrir la bouche devant Madame, il m'a chargée de vous remettre ces bracelets de prix, ces épingles de tête, pour que vous lui arrangiez une petite rencontre cousue main. Qu'en dites-vous ? Etonnant ou pas étonnant ? Amusant ou pas amusant ? » Guige dit : « Le crapaud, au fond de son fossé bourbeux, espère se repaître de la chair de la grue. Votre homme rêve ou quoi ! Madame a un caractère intraitable. Pas une servante n'oserait dire un mot de travers devant elle. Sans seulement envisager qu'une personne étrangère puisse la rencontrer, même notre maître, qui est marié avec elle depuis des années, si elle n'en a pas envie, elle ne lui adresse pas la parole ; et quant à l'approcher, il n'obtient même pas de s'asseoir avec elle à table ! Cela lui va bien à votre grand conseiller Wanyan de faire des rêves de printemps ! — S'il en est ainsi, dit la coiffeuse, cette mirifique affaire est irréalisable. Il ne reste qu'à restituer les bijoux sans plus attendre, pour éviter qu'il ne revienne me tarabuster. » En dépit de sa ferme réponse, notre Guige ne pouvait regarder cette belle paire de bracelets et ces épingles sans quelque regret et pincement de cœur, et ne se résignait pas à les rendre. Aussi dit-elle à la coiffeuse : « Vous êtes une personne d'expérience, depuis des années vous faites l'entremetteuse incomparablement, vous ne ressemblez pas à ces jeunes brus qui ne comprennent rien à rien, encore moins naquîtes-vous de la dernière pluie, pourquoi vous montrer si impatiente ? Toutes choses doivent être mises en perspective, avant d'agir il convient de réfléchir trois fois. Où avez-vous vu qu'on creuse un puits d'un seul coup de pelle ? — Ce n'est pas que je sois impatiente, répondit la coiffeuse, mais selon vous, les avenues sont si bouchées qu'on ne sent pas le moindre courant d'air. Dites-moi un peu ce que je répondrai au grand conseiller… Non, décidément, mieux vaut lui rapporter les bijoux, après je serai tranquille. — Puisque nous en sommes là, dit Guige, voici ce que je propose : laissez les bracelets et les épingles ici, et attendons sans nous énerver que je trouve le moment propice ; dès qu'il y aura du nouveau, je vous le ferai savoir, et s'il se présente une possibilité, si ténue soit-elle, je donnerai ces bijoux à Madame. Quant à vous, retournez dire au grand conseiller qu'il ne lui est pas interdit d'offrir une seconde parure, à mon intention. — Soyez sans crainte, dit la coiffeuse, mais gare ! n'oubliez pas, affaire urgente, urgentissime, ne pas laisser refroidir. Dans deux ou trois jours, je viendrai aux nouvelles, et alors seulement irai-je trouver le grand conseiller. » Ainsi prit fin l'entretien et s'éteignit le son des voix.

Guige fourra les bijoux dans son coffre, et du même coup se trouva plongée dans l'embarras, combinant, supputant, sans oser se lancer.

Un soir que la lune brillait comme en plein jour dans un ciel dégagé, Ding'ge se tenait seule sous l'auvent de la véranda, accoudée à la balustrade et regardait la lune. Guige vint se placer auprès d'elle et l'examina pensivement. Elle était bien de celles dont il est dit : *A son aspect le poisson plonge au fond de l'eau et l'oie sauvage s'envole au loin; devant sa beauté la lune se voile la face et la fleur rougit de honte* [1]. Toutefois, entre ses sourcils, se lisait comme une ombre de contrariété. Guige, qui n'avait aucune peine à en deviner la cause, lui dit d'un ton indifférent : « A contempler ainsi la lune toute seule, Madame éprouve sûrement quelque mélancolie; pourquoi ne pas faire venir Son Excellence et vous réjouir à voir la lune ensemble, une coupe à la main? Ne serait-ce pas plus gai, plus animé? » Ding'ge dit en fronçant les sourcils : « Les anciens disaient que regarder la lune purifie. Contempler la lune toute seule incite sans doute à la mélancolie, mais du moins n'aurai-je pas l'ingratitude d'imposer à la bienfaisante lune la présence d'un être impur et grossier. Comment ses salutations avinées n'inciteraient-elles pas Chang'e (la déesse

---

1. Si l'on comprend assez la jalousie de la lune et de la fleur, le lecteur non averti serait en droit de s'interroger sur une beauté qui met en fuite poissons et anatidés; c'est qu'il s'agit d'un passage du *Zhuang zi* (chap. II) concernant un tout autre sujet, à savoir la relativité des choses et de la connaissance... *Un homme couché dans la boue y attrapera un mal de reins mortel, mais en sera-t-il de même pour une anguille?... Mao qiang et Li ji sont des beautés adorées des hommes, mais à leur approche le poisson plonge au fond de l'eau, l'oiseau fuit rapidement...* Sans s'arrêter à la frayeur de ces innocents animaux, le lecteur chinois, à qui son *Zhuang zi* est aussi familier qu'à vous votre Platon, retient seulement que la beauté de la dame ne le cédait ni à Mao qiang ni à Li ji.

qui vit sur la lune) à rire et se moquer de tant de vulgarité, de sa part et par suite de la mienne ? »

Guige dit : « Madame qui est tellement au-dessus [du commun des mortels] a beau avoir fait bénéficier l'humble servante de ses précieux conseils, je ne m'explique pas encore très bien quelle sorte d'hommes sont dits galants et lesquels sont dits vulgaires. » Ding'ge rit : « Comment le saurais-tu ! Mais tu vas comprendre. Ecoute-moi attentivement de sorte que plus tard tu choisisses pour époux un galant homme ; car plutôt que de s'allier à un être vulgaire mieux vaudrait ne pas avoir de mari du tout, et ne pas laisser profaner le [réservoir sacré] de son corps. — La petite servante, dit Guige, se réjouit que Madame accepte de l'instruire. » Ding'ge dit : « Tel homme bien fait et distingué, d'allure libre et aisée, mais profond et réfléchi, qui s'exprime et écrit avec élégance et sait se conduire en toute circonstance, celui-là est un galant homme ; mais un homme laid et rustaud, d'aspect grossier et de caractère grincheux, aux manières franchement détestables, sale et puant qui plus est, celui-là [il n'y a pas de doute] est un homme vulgaire [1]. Pour me punir de mes péchés en des vies antérieures, il a fallu que j'épouse un de ces êtres vils dont la seule présence offense la vue, mais de là à admirer la lune en sa compagnie !... — La petite servante, reprit Guige, a entendu de la bouche de lettrés que certains livres mentionnaient les "deux maris de la dame Cheng du Henan". J'aime à croire que l'un devait être un mari galant et l'autre un mari

1. Les deux portraits sont brossés en deux fois quatre groupes de quatre caractères, avec une parfaite symétrie qui constitue un élément supplémentaire d'ironie.

vulgaire, ayant tous deux épousé cette dame Cheng. — Ah ! fit Ding'ge en éclatant de rire, cette enfant est impayable. Ne sais-tu pas que les femmes n'ont qu'un époux, où as-tu vu qu'on puisse en avoir deux ! Le passage de ce livre se référait à deux frères originaires du Henan, Cheng Mingdao et Cheng Yichuan [1] ; deux grands maîtres et non deux grands maris [ils avaient épousé la philosophie]. Tu as tout compris de travers. — Ce qui est dans les livres, Madame le comprend sans doute clairement ; mais ce que la petite servante, quant à elle, comprend clairement, c'est que si l'homme qui nous est échu ne nous plaît pas, s'il n'apporte pas les satisfactions attendues, pourquoi alors ne pas, discrètement bien entendu, rechercher quelque lettré fin et courtois avec lequel atteindre l'harmonie des âmes et les satisfactions du cœur ? Un être humain n'a jamais qu'une vie, un brin d'herbe ne croît qu'une saison. Comment accepter une existence si morne et si étouffante ? » Ding'ge demeura un moment silencieuse, puis dit : « Tais-toi, petite fille, et cesse de dire des bêtises ; n'oublie pas que les murs ont des oreilles. — Son Excellence commande dans toute la résidence, répondit Guige, mais Madame est l'épouse du maître ; à part vous, personne n'a son mot à dire. Or Son Excellence est souvent absente,

---

1. Le mot *shi* signifie famille mais aussi dame (née Une telle), le mot *fu* désigne le mari et *fu zi* le sage, le maître ; la fine mouche feint de confondre « les deux maîtres de la famille Cheng » avec « les deux maris de la dame Cheng ». Les deux frères, Cheng Yi (Yichuan), 1033-1107, et Cheng Yüan (Mingdao), 1032-1085, premiers philosophes néo-confucianistes, maîtres de Zhu Xi (1130-1200). Sous les Song, un puissant mouvement de pensée voulait en revenir à l'orthodoxie confucéenne.

que Madame lève seulement le petit doigt, qui oserait s'opposer à elle ou contrarier sa volonté ?

— Même en admettant que j'y songe, murmura Ding'ge, je ne vois nul homme autour de moi qui puisse me plaire ; à quoi bon poursuivre des chimères ? Et quand bien même aurais-je distingué un homme selon mon cœur, par quel intermédiaire communiquerais-je avec lui, comment parviendrait-il à moi ? » Guige dit : « Si Madame a réellement quelqu'un en vue, la petite servante jouera pour elle les Hongniang [1] : elle portera ses lettres, remettra ses messages ; pourquoi Madame dit-elle que personne ne lui viendrait en aide ? » De nouveau, Ding'ge rit d'un rire voilé et ne répondit pas. Guige tourna les talons, comme pour s'en aller. Ding'ge la rappela : « Où vas-tu ? Ce n'est pas parce que je ne répondais pas qu'il faut partir froissée. D'ailleurs, ce n'est pas que je ne voulais pas répondre, mais je riais parce que pour une petite fille je te trouve vraiment astucieuse et amusante. » Guige dit alors : « Ce matin, la petite servante a trouvé de beaux bijoux ; ils sont rangés dans ma chambre. Je [2] sortais uniquement pour aller les chercher et les montrer à Madame. — Quels bijoux ? repartit Ding'ge. Où les as-tu trouvés ? Ici ce n'est pas une boutique de prêteur sur gages, pour estimer des bijoux. » Sans répondre, Guige courut à

1. C'est la jeune servante totalement dévouée à sa maîtresse du célèbre opéra *Xixiang ji*.

2. Le discours à la troisième personne devient rapidement intenable. Si on y renonce entièrement, on prive le lecteur de la façon chinoise de s'exprimer ; et à la limite, en abandonnant toutes les façons chinoises de dire, pour les dates, les titres, les tournures… on aboutit à un roman français. Voilà pourquoi nous commettons parfois des phrases sans verbe et parfois des phrases commençant à la troisième personne et se continuant à la première.

sa chambre prendre les bracelets et les épingles, et les apporta à Ding'ge : « Qui sait, dit la suivante, si ces parures de tête ne sont pas des cadeaux de fiançailles que quelqu'un envoie à Madame ? » Ding'ge prit les bijoux en main, les examina un moment puis dit : « D'où est-ce que cela sort ? C'est vrai qu'ils sont splendides. Une famille ordinaire ne pourrait jamais mettre d'aussi somptueuses parures dans la corbeille de noces ; je ne vois guère que la famille impériale, ou une famille apparentée, ou encore une famille princière ou ducale pour se permettre d'offrir de tels joyaux. Comment une gamine comme toi peut-elle les avoir en sa possession ? Dis-moi la vérité. — Oserais-je mentir à Madame ! dit Guige. Voilà : un homme a chargé notre coiffeuse de venir faire l'entremetteuse au *yamen*, et les cadeaux de fiançailles ont été envoyés à l'avance. » Ding'ge partit de rire : « Mais, petite folle, tu sais bien que je n'ai ni fils ni fille, et que nous n'avons ici ni sœur ni frères de mon mari... Pour qui la coiffeuse viendrait-elle faire la marieuse ? — Elle n'a parlé ni d'un fils ni d'une fille, elle n'a pas non plus parlé d'une belle-sœur ou d'un beau-frère, celle pour qui elle s'entremet n'est pas éloignée de mille lis, elle est tout près, nous l'avons sous les yeux. — Quoi ! Ce serait pour toi que viendrait la marieuse ? » Guige dit : « Comment la petite servante oserait-elle espérer avoir de tels bracelets, de telles épingles... — En effet, dit Ding'ge, il est peu probable qu'elle s'entremette pour une des servantes, encore moins pour une petite esclave. — Entre toutes les femmes, reprit Guige, qui peut aspirer au bonheur de posséder ces bijoux, sinon une déesse descendue du ciel, une immortelle de la terrasse Yao ? Oui, je ne vois qu'une personne comme Madame qui soit digne de porter ces merveilles. » Ding'ge rit de plus belle : « Selon toi, il faudrait que j'aille dans une seconde famille jouer les nouvelles mariées ; la coiffeuse tiendrait le rôle de l'intermédiaire et toi tu serais la fidèle servante que la pauvre bru emmène avec elle ? » Guige s'agenouilla devant sa maîtresse et dit : « Si Madame consent à couronner de succès l'entremise de la coiffeuse, la petite servante suivra Madame bien volontiers. » Ding'ge fit de nouveau entendre son rire perlé et, donnant une petite tape à Guige, lui dit : « Ce n'est pas parce que je suis généralement bien disposée à ton égard qu'il faut faire la folle et tenir des propos inconsidérés. Suppose que quelqu'un t'entende. Quelle perte de face ! » Guige dit : « Non, la petite servante ne tient pas de propos insensés et sait très bien de quoi elle parle. Que la coiffeuse a apporté ces cadeaux de noces à Madame, c'est la vérité pure et simple. » Ding'ge releva ses beaux sourcils arqués, ouvrit de grands yeux, et éclata de rage : « J'appartiens au deuxième rang (des neuf rangs de la hiérarchie des mandarins et dames de qualité), je ne suis pas une malheureuse veuve issue du petit peuple. Comment ose-t-on m'outrager avec de telles absurdités ! Quelle insupportable insolence ! J'en parlerai dès demain à Son Excellence, qui ne manquera pas de faire saisir cet individu. Mon courroux ne se satisfera pas à moins d'une sérieuse bastonnade ! » Guige dit : « Que Madame s'apaise ; laissez-moi tout vous expliquer, je suis sûre que cela vous amusera énormément. Souvenez-vous du dicton : "Pas de dits pas de ris, pas de coups pas de cris." Ainsi, quand j'en aurai fini, Madame pourra rire, et crier tout son soûl. »

Ding'ge avait toujours eu un faible pour Guige. D'ordinaire, sa mauvaise humeur ne résistait pas [au sourire] de la servante. Et elle s'estimait d'autant moins en droit de lui faire des reproches en cette occasion qu'elle avait conscience de s'être elle-même laissée aller à des propos quelque peu imprudents. Aussi dit-elle, toute rassérénée et sa colère comme envolée jusqu'à Java : « Parle, je t'écoute.
— Voici quelques jours, commença Guige, un grand conseiller de gauche, venant à passer à proximité de notre résidence, vit Madame qui se tenait derrière un rideau, si belle, si séduisante, telle Mao qiang ou Feiyan [1]. Son âme, sur le coup, fut subjuguée par les perfections de Madame. De retour chez lui, il demeura comme égaré, délirant deux pleines journées. Jamais ne se reproduirait l'heureux hasard qui lui avait permis d'apercevoir Madame. Pour tenter de la revoir, il chargea la coiffeuse de lui présenter ces deux parures ; dans l'espoir que Madame acceptera de faire sa connaissance, paraîtra de nouveau derrière le rideau et ne refusera pas lesdits bracelets et épingles qu'il lui envoie. En outre, ce qui ne gâte rien, ledit grand conseiller de gauche n'est autre que Wanyan Digu, ce seigneur élégant, raffiné, appelé à un grand avenir… Il n'est d'ailleurs pas impossible que Madame ait eu l'occasion de l'apercevoir [2].

---

1. Mao qiang, cf. n. 1, p. 36. Feiyan, « Volante Hirondelle », célèbre beauté des Han ; sur ses exploits et ceux de sa sœur Hede, on se reportera avec profit à *Zhaoyang qushi, Nuages et pluie au palais des Han,* savamment traduit par Christine Kontler, chez Philippe Picquier. Ce qu'il y a de bien avec les lecteurs de Picquier, c'est qu'ils deviennent incollables sur les beautés fatales qui firent et défirent l'histoire de Chine.

2. Voir sans être vu(e), c'est le b-a-ba du gynécée.

— Quoi ! s'écria Ding'ge, passant en un instant de la colère à la joie, ce serait ce jeune cavalier qui rend parfois visite à Son Excellence ? Charmant, en effet, distingué, mais je soupçonne son cœur d'inconstance. — Ah ! ah ! fit Guige, messieurs les physiognomonistes passent un temps infini devant leur patient, l'examinent de la tête aux pieds, lui palpent les reins, et doutent d'en obtenir mieux qu'une connaissance superficielle, mais Madame, à peine a-t-elle entrevu le grand conseiller, du premier coup d'œil elle sonde le fond de son cœur. Si ce n'est pas là un cas de *deux cœurs se sont mutuellement reconnus*... — Ne fais pas tant de bruit, coupa Ding'ge, et raconte-moi plutôt ce que t'a dit la coiffeuse et ce que tu lui as répondu. — Cette coiffeuse, dit Guige, est un vieux renard ; elle prend bien garde de ne pas prononcer un mot de trop qui pourrait lui attirer des ennuis. Elle ne s'exprime que par énigmes, ce sont des tours et des détours, en remontant jusqu'à je ne sais où. “Arrêtez de tourner autour du pot, lui dis-je, je suis au fait de l'intérêt que ce monsieur porte à notre maîtresse. Puisque vous avez accepté de faire l'entremetteuse, pourquoi ces réticences et ces circonvolutions ?” La coiffeuse battit des mains et des pieds en riant. “Ah ! la petite futée, s'écria-t-elle, on dirait bien que quelqu'un s'est chargé de lui ouvrir le trou de sapience. La question n'est pas encore posée qu'elle devine déjà la réponse.” [A ces mots, Madame, votre] petite servante lui cracha au visage. “Vieille none [1], m'écriai-je, vieille pute, tu t'es fait

1. Extrêmement péjoratif ; les nonnes, n'étant pas soumises au carcan familial, passaient pour libres, à tous les sens du terme ; cf. *Moines et nonnes dans l'océan des péchés*, éd. cit.

sans vergogne ouvrir le trou de sapience par mille, par dix mille hommes, avant de te mettre à la coiffure ! C'est le Ciel, sache-le, qui me fit l'esprit vif. Si vif que lorsqu'on me marche sur la queue la tête remue ; et je ne laisserai pas une vieille bique de ton espèce se moquer de moi." "Chère demoiselle, reprit la coiffeuse, ne vous fâchez pas, je ne faisais que plaisanter. Qui oserait insinuer qu'une jeune fille si comme il faut puisse entretenir des relations clandestines !" A quoi votre petite servante répondit : "Allons ! n'en parlons plus. Adieu, et cessez de m'importuner." "Comment, dit la coiffeuse, je viens tout exprès au sujet de Madame, ce n'est pas pour me faire rabrouer et puis adieu !" Elle m'interrogea alors sur les dispositions d'esprit ordinaires de Madame. "Je pratique, dit-elle, la physiognomonie, la phonognomonie, l'ostéognomonie, la mayignomonie, la dharmagnomonie [1], ce que vous direz d'elle me révélera instantanément l'état de son cœur." "Quant à l'état de son cœur, répondit votre petite servante, je n'en ai aucune idée ; pour le reste, je puis vous assurer qu'elle gère la maisonnée avec rectitude et sévérité ; elle n'admet pas qu'on rie devant elle, et nul ne se permettrait de faire la moindre bêtise en sa présence." "Parfait ! félicitations ! s'écria la coiffeuse. S'il en est ainsi nous pouvons considérer ma mission comme remplie." "Ne vous exprimez pas à la légère, répliquai-je, vous risqueriez de recevoir un cuisant démenti." "Je n'affirme

1. Pardon pour ces mots forgés ; les deux derniers se réfèrent à des manuels de physiognomonie : le *Mayixiang* (selon le taoïste Mayi, « Vêtu de chanvre ») et le *Damoxiang* (selon le Dharma). Très pratiqué en Chine, l'examen des caractéristiques physiques révèle le tempérament, le destin…

rien, répondit-elle, qui ne soit strictement conforme aux manuels de physiognomonie." "J'aimerais savoir, dis-je, quel manuel de physiognomonie profère de telles âneries." "La sagesse populaire l'a reconnu depuis longtemps, reprit la coiffeuse, les rieuses ne sont pas si faciles qu'on croit, les bêcheuses ne sont pas si difficiles qu'on imagine." » Ding'ge qui buvait du thé et s'apprêtait à en avaler une gorgée faillit s'étrangler de rire à ces mots et recracha le thé sur elle. « Cette vieille nonne a la langue trop bien pendue ; demain, il faudra la faire venir et lui donner quelques calottes pour lui apprendre les bonnes manières. »

Après cette [édifiante] conversation, l'encens s'était éteint [dans les cassolettes], Véga descendait sur l'horizon et la clepsydre indiquait la deuxième veille. Guige accompagna Ding'ge à son coucher. « Et ces parures, demanda-t-elle, où faut-il les ranger ? — Mets-les dans mon coffret à bijoux et ferme-le bien à clé. » Guige s'exécuta sans commentaire ; mais en son for intérieur, et compte tenu de la réaction de Ding'ge, elle estimait avoir huit à neuf chances sur dix de parvenir à ses fins. Le lendemain matin, après une nuit paisible, Ding'ge était à sa toilette. Guige, à son côté, perçut dans le regard de sa maîtresse une expression de satisfaction inaccoutumée. « Madame n'envoie donc pas chercher cette coiffeuse pour qu'elle reçoive sa raclée ? dit-elle d'un ton anodin. — Ne précipitons rien, dit Ding'ge en riant. Elle viendra bien d'elle-même. — Ce n'est pas que je sois pressée, dit Guige, mais cette vieille a le don de m'exaspérer. — Dans le feu de la colère, dit doctement Ding'ge, qui supporterait l'eau de la pondération ? Ne nous fâchons pas pour si peu. »

Guige reprit, d'un ton plus doux : « Selon moi, une fois lancé, autant aller jusqu'au bout. En une seule nuit il s'en fait des rêves... Supposons que ce bel et accompli jeune homme se laisse entraîner vers d'autres femmes, il serait alors trop tard. — Et selon toi, dit Ding'ge, ce garçon accompli, que faudrait-il en faire ? — La petite servante parle sans doute trop, dit Guige, mais le fait est que Son Excellence s'absente souvent et laisse Madame bien seule. Quelle tristesse ! Et moi, petite servante qui pisse assise, comment réchaufferais-je les pieds de Madame ? Un galant jeune homme viendrait les frictionner, ce serait tout de même préférable à dame Bouillotte en hiver et dame [natte de] Bambou en été ! — Petite fille, tu parles trop. Ne te mêle pas de ce qui ne te regarde pas. — Quoi ! dit Guige, Madame me prodiguerait ses bontés et moi je ne me soucierais pas [du bien-être] de Madame ! Ah ! ne dites pas que cela ne me regarde pas ! » Ding'ge laissa ces paroles sans réponse [et demeura pensive]. Au bout d'un moment, elle tira de sa bourse dix petits lingots d'argent et les tendit à Guige : « Tiens, c'est pour toi ; fais-en faire une paire de bracelets à porter aux avant-bras. Je te les donne en reconnaissance de tes bons et loyaux services. Mais que personne ne le sache. » Guige reçut les lingots en se prosternant. Elle dit à Ding'ge : « La plus infime fraction d'une pièce d'argent suffit à engager une parole, dix mille lingots d'or ne la désengageraient pas. Madame vient de rétribuer l'entremetteuse, l'entremetteuse enverra chercher la vieille et la vieille conduira ce soir le jeune homme au *yamen*. » Ding'ge se couvrit la bouche de la main et dit avec un rire étouffé : « Les jeunes filles en fleur qui jouent les entremetteuses s'exposent elles-mêmes inconsidérément. Vit-on jamais marieuse qui ne fût mariée ? — Les entremetteuses furent bien filles à un moment ou à un autre, répondit Guige ; pourquoi une fille ne serait-elle pas entremetteuse ? — Bien répondu, dit en riant Ding'ge. Mais, nouvelle dans le métier, [une telle jeune fille] manquerait d'expérience, elle aurait honte de s'exprimer ; comment compter sur elle pour arranger un rendez-vous ? » Guige dit : « En d'autres circonstances, une jeune fille serait peut-être intimidée, mais dans le cas qui nous occupe seules la coiffeuse et votre servante sont au courant, pourquoi avoir honte ? Le dicton populaire dit bien : "Honte pour honte et foutue pour foutue, autant avoir doublement honte et être doublement foutue." Grande honteuse, grande baiseuse. L'un ne va pas sans l'autre. Si Madame a bien honte, c'est sûrement qu'elle en a bien envie... — Délicieuse enfant ! fit Ding'ge. Où as-tu pris ces belles maximes ? On croirait une nouvelle Hongniang ; il ne te manque qu'une autre Cui Yingying [1] en guise de patronne. Malheureusement, ce beau zèle se dépense en pure perte... » Ainsi, un mot en amenant un autre, s'acheva la toilette de la dame.

Guige poussa ensuite jusqu'à l'entrée de la résidence et dit au portier qu'il devait commander la

1. Dans le *Xixiang ji*, « Le Pavillon de l'aile ouest », la servante Hongniang arrange les rencontres de sa maîtresse Yingying et du lettré Zhang. « Cette pièce est devenue le modèle des histoires d'amour. » (Jacques Pimpaneau, in *Promenade au jardin des poiriers,* éd. Kwok On, avec de fort belles illustrations.) Georges Soulié de Morant en a fait une traduction, sous le titre de *L'Amoureuse Oriole, jeune fille*. Jolie traduction, même si elle ne répond plus aux critères de la sinologie moderne, mais ce traducteur-ci serait malvenu de lui jeter la pierre.

coiffeuse, car Madame désirait se faire coiffer et épiler le visage. Ce digne personnage rétorqua : « Madame, que je sache, ne se dispose pas à aller brûler de l'encens ou à participer à une réception, pourquoi s'épiler le visage ? — Les poils que Madame entend ou n'entend pas se laisser pousser sur le visage, en quoi cela te concerne-t-il et qui te demande ton avis ? — Lorsque la coiffeuse arrivera, Mademoiselle devrait en profiter pour se faire épiler à son tour, ses poils ont tellement poussé qu'ils traîneront bientôt par terre. » Guige lui cracha une injure et retourna à l'intérieur. Sans perdre de temps, la coiffeuse vint se présenter à Ding'ge. Celle-ci la conduisit au cabinet où elle se faisait coiffer, suivie de la seule Guige et n'autorisant aucune autre femme de chambre à les accompagner. Une fois installées, la coiffeuse ouvrit sa trousse et disposa sur une table les instruments de sa profession, tels qu'un grand peigne, un démêloir, une glace (?), quatre petits peignes ronds ; également, un racloir, une brosse à nettoyer les peignes, une paire d'épingles à cheveux, pas moins de onze instruments… Elle commença par libérer la chevelure de Ding'ge et entreprit de lui masser la tête, frottant fort, pétrissant longuement d'avant en arrière et de droite à gauche. Après quoi, elle releva les cheveux à l'aide de deux ou trois petits peignes. Guige, à leur côté, lui adressa un appel muet. La coiffeuse comprit que le moment était venu. « L'examen physiognomonique des cheveux [1] de Madame, dit-elle négligemment, m'indique

1. Littéralement, des pellicules ; mais j'ignore en quoi peut consister un examen des pellicules, et vois mal qu'elles puissent « parler » au physiognomoniste.

l'approche d'un heureux événement. — Ah ! dit Guige pointant le bec, un heureux événement ? Quand cela ? — Entre ce matin et ce soir, dit la coiffeuse, surviendra une faveur insigne. — Tiens ? fit Ding'ge, la cour ne nous a pourtant pas accordé de faveur spéciale, et je n'ai reçu aucune distinction particulière (en tant qu'épouse de mandarin), de quel événement heureux peut-il bien s'agir ? » La coiffeuse dit : « Ce ne saurait être que le grand bonheur d'un trésor animé. » Plaçant de nouveau son grain de sel, Guige dit : « Hormis les perles-qui-remuent-dans-le-plat venues d'au-delà l'océan Occidental et les clochettes birmanes originaires de Birmanie [1], je ne vois guère que l'homme pour faire figure de trésor animé. Maintenant, s'il s'agit d'hommes, au *yamen* nous en avons à revendre, Madame n'en a que faire. Alors, trésor animé ou inanimé, dites-nous vite de quoi il retourne. — Des hommes, dit la coiffeuse, il en est de toute sorte ; des choses, il en est de toute catégorie ; des trésors, il en est de toute espèce ; et pour ce qui est d'être animé, il en est de plus animés que d'autres. Mademoiselle ne sait que se cacher derrière Madame et dire tout ce qui lui passe par la tête. Comment aurait-elle connaissance d'une chose aussi rare et étonnante qu'un trésor vivant ? »

1. Il s'agit de perles qui, disposées dans un plat à une certaine distance les unes des autres, roulent et se rassemblent d'elles-mêmes (électricité statique ?). Les clochettes birmanes sont des boules ou des tubes d'argent remplis de mercure mobile, que les dames se mettent pour se distraire. Dans *La Vie sexuelle dans la Chine ancienne* (éd. cit.), van Gulik consacre à ces « clochettes birmanes » deux pages (213 à 215 de l'édition française) auxquelles se reportera le lecteur curieux. Nouvelle occasion de répéter que cet admirable ouvrage est la base et le complément nécessaires de toute lecture de romans libres chinois.

Bien qu'elle fût sur des charbons ardents, Ding'ge n'en voulait rien laisser paraître, aussi, brusquant un peu la coiffeuse, elle dit : « La vieille nonne a la langue en feu, la petite fille se fera arracher la sienne si elle continue à l'agiter, que chacune retourne à ses occupations et cesse de parler à tort et à travers. » Guige rit et dit : « La belle dame affecte l'indifférence ; la vieille nonne s'efforce de recoller les morceaux ; tapie derrière elles, la petite servante les regarde tirer le trésor vivant à hue et à dia. » Ding'ge lui dit : « Tais-toi, qui t'a permis de jacasser ! » La coiffeuse reprit : « Madame le souffre, Digu le souhaite ; la vieille femme se démène pour eux ; mais la petite servante serre tellement les cuisses qu'elle en a des contractures. » A ces mots, Guige cracha [avec mépris] : « Des contractures ! Des contractures ! Et toi, vieille putain de bas étage de nonne, tu reçois les taoïstes par la porte de devant et les moines par la porte de derrière. A présent tu voudrais y adjoindre un lettré en habit brodé. Toutes doctrines confondues [1], cette vieille nonne est la catin des trois religions. — Allons, allons, dit Ding'ge, on ne manque pas ainsi de respect envers une personne âgée. Puis, se tournant vers la coiffeuse : [Assez plaisanté, maintenant] expliquez-vous. Quand cet homme m'a-t-il vue ; que vous a-t-il dit exactement ; d'où vous vient l'audace de mener ici en son nom je ne sais quelles manigances ? » La coiffeuse dit : « Madame m'excusera peut-être lorsque je lui aurai tout expliqué point par point. Tel jour de ce mois, Madame se tenait derrière ces beaux rideaux et regardait dans la rue lorsque l'homme dont nous parlons, venant à passer devant

1. A savoir : confucianisme, bouddhisme, taoïsme.

le *yamen*, vit Madame, *ses gracieuses fossettes et son œil bien dessiné*[1]. “Ah ! soupira-t-il, pourquoi faut-il qu’une femme d’une beauté si incomparable soit l’épouse d’un autre ! Ah ! ne suis-je pas bien infortuné ?” » [A ce point du récit de la coiffeuse,] Ding’ge se mit à rire : « Ce n’est pas lui le plus infortuné ! — Si cet homme n’est pas le plus infortuné, dit Guige, alors qui l’est ? » La coiffeuse répondit : « L’infortunée, c’est moi. — Comment, c’est vous l’infortunée ? » demanda Guige. La coiffeuse dit : « Si Madame n’était déjà mariée, rien qu’en faisant l’entremetteuse pour le compte de cet homme, je toucherais une bonne centaine de pièces d’argent. — Madame ne demanderait pas mieux que de vous faire gagner une centaine de pièces d’argent, dit Guige, mais, hélas ! cet homme n’aura pas la bonne fortune d’obtenir la main de Madame. » Ding’ge reprit la parole : « De descendance impériale, grand conseiller de gauche, des épouses à la douzaine, des “poudre blanche et sourcils noirs” (concubines) par rangées entières ! Parlons-en de son infortune ! A bien considérer,

---

1. *Shi jing*, V, 3. Ce poème à la louange de la princesse Zhuang Jiang allait alimenter en comparaisons deux mille ans de littérature chinoise, entre autres le « cou blanc comme la graisse figée » qui a le don de révulser les lecteurs occidentaux ; c’est pourquoi je cite toute la strophe (dans la vénérable traduction Couvreur) afin qu’on ne m’embête plus avec cette histoire-là : *Ses doigts sont blancs et délicats comme les jeunes pousses de laiteron, sa peau blanche comme la graisse figée, son cou blanc et long comme le ver qui ronge le bois, ses dents blanches et régulières comme les pépins de la courge, son front large comme celui de la cigale, ses sourcils minces et arqués comme les antennes du papillon du ver à soie. Un gracieux sourire embellit ses joues ; ses yeux brillent d’un éclat où le noir et le blanc tranchent bien l’un sur l’autre.*

c'est plutôt moi l'infortunée. » La coiffeuse dit : « Madame sait sans doute ce que valent les promesses des hommes, mais de celui-ci les sentiments sont sincères, ce n'est pas un homme à s'attacher à la légère ; comment Madame peut-elle se croire infortunée ? »

Ainsi devisant et coiffant, le trio bruissait d'animation, les préséances mises de côté et toute réserve fondue. La joie de Ding'ge aurait empli l'espace entre ciel et terre. Elle tira une belle robe de son coffre, prit dix pièces de pur argent, pour en gratifier la coiffeuse. « Aujourd'hui, vous m'avez particulièrement bien coiffée. Prenez toujours ceci, dans quelques jours je vous récompenserai de manière plus conséquente. » La coiffeuse se confondit en remerciements, serra les présents et, s'approchant de Ding'ge, lui murmura à l'oreille : « Puis-je demander à Madame si la vieille femme doit faire venir cette personne aujourd'hui ou s'il ne faut l'amener que demain ? » Ding'ge rougit et se trouva incapable de répondre. « Cette vieille nonne comprend tout de travers, dit Guige ; elle nous fera toujours rire ! Aujourd'hui est un jour faste, un jour éminemment favorable, vent et courant sont propices. Songez que cet homme attend une réponse depuis plusieurs jours. Il bout d'impatience. Même si vous courez l'avertir de venir ce soir, il ne supportera pas d'attendre que le soleil descende derrière les collines de l'ouest et que la lune s'élève sur la mer de l'est. Qui parle de demain ! » Ding'ge rit : « Folle fillette, depuis combien de temps connais-tu cet homme pour lire dans son cœur à livre ouvert ? — Certes, la petite servante ne l'a jamais rencontré, répondit Guige, mais qui chausse des souliers cerclés de fer passe sur le ventre des gens[1]. » Ding'ge [eut son habituel petit] rire silencieux, tête baissée et triturant l'extrémité de sa ceinture. La coiffeuse dit alors : « Admettons que la personne en question vienne aujourd'hui, quel objet me confiera Madame en guise de signe de reconnaissance ? » [Sans hésiter,] Guige prit une épingle de tête d'or aux phénix [dans le coffret] de Ding'ge et la mit dans les mains de la coiffeuse. Quelles particularités présentait cette épingle de tête ?

Lame d'or venue de contrées lointaines,
A la couleur plus rouge que la flamme,
[L'épingle s'orne à son extrémité]
De deux vivants phénix d'or ciselé.

A leur front la pierre œil-de-chat rayonne
D'un pur éclat qui obscurcit le jour.
En la bouche luit un diamant,
Et deux colliers de perles virevoltent.

Piquée dans le chignon de cheveux noirs,
Tel un dragon chevauchant les nuées.
Serrée précieusement dans la manche,
Tel un décret tombé du Neuvième Ciel.

Munie de ce viatique la coiffeuse
Devient Guanyin la compassionnée,
Celle qui veille à la rétribution,
La conjuratrice du mal d'amour.

En remettant l'épingle à la coiffeuse, Guige lui dit : « Voici votre sauf-conduit. » Ding'ge se prit à rire « Vraiment, cette enfant se croit tout permis ; elle

---

1. Tournure embarrassante. Le ventre, en Chine, est le siège de la personnalité. Chaussé de bons souliers, on n'en sonde que mieux les ventres – nous dirions, les cœurs.

met la main sur mes bijoux comme s'ils étaient siens ! » Guige rit à son tour : « C'est la première fois que la petite servante se permet semblable audace. Madame me refusera-t-elle son pardon ? — Je te pardonne, je te pardonne... » La coiffeuse reçut l'épingle d'or et se retira en proie à une satisfaction indescriptible.

Oh ! puisse le vent d'est nous emporter d'un souffle ;
Puisse le saule fin lier deux cœurs épris.
Quand la main l'a brisée, la fleur n'a pas gémi ;
Elle endure, attend et seule dans l'ombre souffre.

Après le départ de la coiffeuse, quel sera le destin de Ding'ge ? Pour le savoir, écoutons la suite de l'histoire.

Deuxième partie

Oisive courette, par la fenêtre
Toutes les couleurs du printemps pénètrent ;
Puis l'ombre gagne sous le rideau flou ;
Et vient l'heure sombre entre chien et loup.
Cruelle attente, adossée au vantail ;
Devant le miroir, visage fardé ;
Derrière le paravent, triste oreiller ;
Nuits entières sans trouver le sommeil.
Le corbeau crie, le puits est froid.

L'histoire relate que la coiffeuse, munie de cette épingle de tête d'or aux phénix, transportée de joie, courut d'une traite chez Hailing. Ce haut personnage se tenait dans sa bibliothèque. Sitôt en sa présence, elle s'exclama : « Félicitations ! Votre Excellence. Congratulations ! Votre Excellence… — Et l'affaire dont je t'ai chargée, voilà déjà sept à huit jours ? coupa Hailing. C'est seulement maintenant que tu reviens ! — Un moine [qui veut se laisser pousser les cheveux (se défroquer)] porte un filet [à cheveux] alors qu'il n'a pas encore l'ombre [d'un poil]. Trop tôt, beaucoup trop tôt ! repartit la coiffeuse. — Quoi ! s'écria Hailing, je reste pendu à attendre ; un jour m'est comme trois saisons ; et toi, indifférente à mon tourment, au lieu de travailler au succès de mes entreprises, tu viens me narguer sous le nez ! J'enrage, et tu me débites des félicitations ! congratulations ! — Aujourd'hui, répondit la coiffeuse, la vieille femme n'est plus coiffeuse. Elle devient un autre Han Xin (?-196 av. J.-C.), [général] qui par son appel aux armes aida l'illustre Liu (Bang, fondateur de la dynastie Han) à conquérir les Trois Qin (Han,

Wei et Chao, au Shaanxi) ; un second (Wu Yuan, ?-484 av. J.-C., surnommé) Zixu, [général qui fit échouer la manœuvre de Jin convoquant] à Lintong [les autres chefs d'Etat, munis de] leurs trésors, [et ainsi maintint] l'autorité de la maison impériale Zhou [1] ; ou, si vous préférez, elle devient l'héroïque estafette apportant l'ordre qui permettra de sauver la ville assiégée. Qui parle encore de fâcherie ! — Si j'avais su ! s'exclama Hailing débordant d'allégresse ; si j'avais su, j'aurais disposé des cassolettes à encens tout au long du chemin, je serais allé à votre rencontre… Quel malentendu ! » La coiffeuse lui rapporta alors la conversation précédente, lui expliqua tout sans rien omettre ; et pour finir tira de sa manche et lui remit le précieux gage d'amour, l'épingle de tête aux phénix : « Voici, dit-elle, le décret impérial adressé au général en chef pour exécution immédiate ; aucun atermoiement ne sera toléré. » Quel n'était pas le bonheur de Hailing ! Il se sentait des fourmillements par tout le corps, des morsures de puces, des frémissements d'écorché, et ne pouvait rester ni assis ni debout. « Mais à quelle heure et par quelle voie se glisser dans la place ? dit-il enfin. — L'heure, c'est à la tombée de la nuit, dit la coiffeuse. Votre Excellence se couvrira la tête d'un voile et revêtira une robe noire. Madame m'aura

1. Le premier épisode se situe donc pendant la conquête (207 av. J.-C.) de son futur empire par Liu Bang, personnage de modeste origine fondateur de la grande dynastie Han. Le second pendant la période des Printemps et des Automnes, où, autour d'un empereur Zhou de plus en plus dénué de pouvoir, les autres Etats se disputent l'hégémonie. En faisant abstraction de tout ce qui est entre crochets et entre parenthèses, on sera frappé du peu qui suffit à faire sens en chinois.

prétendument envoyée quérir une nonne pour ouïr son prêche. Entrer par la petite porte de gauche ne présentera aucune difficulté. » Hailing rit de bon cœur : « Cette vieille surpasse (les stratèges) Sun zi et Wu Qi [1], humilie Lu Jia (conseiller de Liu Bang) ! Moi-même, je ne saurais échapper à ses pièges. » Il sortit vingt pièces d'argent et les donna à la coiffeuse. Celle-ci dit : « Ces bracelets précieux et ces épingles ornées de perles que j'ai confiés de votre part à Guige, elle les a remis à Madame à titre de cadeau de noces. Quand Votre Excellence viendra ce soir, pourrait-elle en apporter d'autres, destinés à Guige ?

— Bien sûr, dit Hailing, j'en ai deux autres jeux, plus beaux que les précédents. Je comptais les offrir à Madame, mais puisqu'elle a déjà les premiers, j'apporterai les autres ce soir et les donnerai à la petite. Quant à vous, prenez toutes mesures et dispositions pour me faciliter d'autres visites. »

La coiffeuse s'y engagea, revint chez Ding'ge et lui rapporta ce qu'avait dit Hailing. Le visage parcouru d'ondes joyeuses, Ding'ge demanda à Guige de reconduire la coiffeuse jusqu'à la porte de la rue, et lui fit en la quittant cette ultime recommandation : « Que la nonne vienne plutôt plus tôt que plus tard. »

---

1. Fameux stratèges de la période des Royaumes Combattants. Nous ignorons à peu près tout de Sun Wu, l'existence du second est attestée vers 378. On dispose simplement d'un traité de stratégie attribué à Sun Wu et suivi de considérations de Wu Qi. En français : Sun zi, *L'Art de la guerre*, Champs-Flammarion, 1978. Lecture souvent recommandée aux bons esprits ; puis-je suggérer d'y adjoindre, également chez Flammarion, La Boétie, *Discours de la servitude volontaire*, car si la *res publica* se nourrit de stratagèmes, elle a soif de rectitude.

Chemin faisant, la coiffeuse glissa à Guige à mi-voix : « Son Excellence vous remercie de tout cœur. Ce soir, il vous apportera des bracelets et des épingles, plus beaux que les premiers. De votre côté, vous pourriez vous montrer gentille avec lui et le caresser dans le sens du poil. Pourquoi s'attacherait-il exclusivement à Madame ? — Une fameuse entremetteuse oui ! repartit Guige d'une voix sifflante ; qui palpe à droite et qui palpe à gauche ! » [Sur ces propos amènes,] chacune s'en fut de son côté.

Comme le ciel s'obscurcissait, Ding'ge fit fermer pour la nuit les portes de devant et de derrière, ordonna que chacun et chacune regagne ses quartiers, que jeunes et vieilles servantes interrompent leur tâche et se couchent de bonne heure et dit qu'elle ne voulait voir personne traîner ici ou là. Elle ne garda que Guige pour la servir. Bientôt, on entendit battre le tambour en ville et sonner la cloche d'un temple lointain.

Entre-temps, à l'insu de son épouse Tudan, seul et sans escorte, Hailing arrivait au logis de la coiffeuse, heurtait à l'huis et l'appelait. Elle vint aussitôt, tenant une petite lanterne-dragon, et ouvrit. Elle embrassa d'un coup d'œil la rue déserte et la tenue sombre de Hailing, et le pria d'entrer s'asseoir un moment. « M'asseoir ! dit Hailing, quand nous courrions ce serait encore trop lent. Ah ! il est bien question de s'asseoir ! — Là-bas rien n'est prêt, dit la coiffeuse, pourquoi tant de précipitation ? » Hailing ricana, entraîna la coiffeuse par la main et se mit en route. « Un peu de dignité, dit celle-ci, vous feriez rire de vous jusqu'à une pauvre vieille comme moi. » Portant la lanterne au bout d'un bâton et prenant soin de n'être pas reconnus, ils parvinrent à la petite porte d'angle de la résidence de Wu Dai. A un coup légèrement frappé, une servante ouvrit, tenant une lanterne de gaze ronde, échangea des salutations avec les arrivants, les fit entrer et barra la porte derrière eux. La coiffeuse fit passer Hailing devant elle : « Mère supérieure Yan, dit-elle, voici mademoiselle Guige. » Comprenant le signal que lui adressait la coiffeuse, Hailing se confondit en révérences et remerciements envers Guige. Il tira de sa manche la paire de bracelets et les deux épingles : « Je vous ai occasionné, mademoiselle, bien des tracas et du dérangement ; ces objets ne représentent même pas le service que vous rendrait un chien ou un cheval, mais j'ose espérer que vous ne les trouverez pas trop insignifiants pour être acceptés. » Continuant à l'encourager par-derrière, la coiffeuse poursuivit : « Il suffit à Votre Excellence d'ouvrir les yeux pour constater qu'une jeune fille si charmante n'est en rien indigne d'un tel cadeau de fiançailles. » Hailing répondit avec son plus beau sourire : « Fort de l'affection imméritée de Mademoiselle, j'ose me conduire familièrement, alors que c'est moi, tout au contraire, qui ne serais pas digne d'elle. »

« Votre Excellence, dit la coiffeuse, se montre trop modeste, et Mademoiselle se montre trop timide. Aussi [pour surmonter votre réserve] je propose de commencer par vider une coupe nuptiale. — Grand-mère parle d'or, dit Hailing, mais où est le vin, où sont les coupes ? » La coiffeuse pressa leurs deux têtes entre ses bras : « Que voilà, dit-elle, une Excellence dénuée d'intelligence ! Les lèvres sont la coupe, le bon vin est dans la bouche. L'échange en un doux baiser de vos salives parfumées sera votre coupe nuptiale. — Bête que je suis, s'écria Hailing, de n'y avoir pas pensé ! » Il enlaça Guige et se pencha sur elle. Celle-ci tourna la tête, tordit le cou, tenta de se dégager, ne voulant pas se laisser embrasser. Mais Hailing la tenait fermement par la taille ; il parvint à lui introduire la langue et s'efforça de lui faire aussi tirer la sienne. Guige finit par se soumettre et lui glissa à son tour la langue dans la bouche. Sans hâte, avec l'insistance d'une meule qui moud le grain, Hailing suça longuement cette langue délicieuse, la mordilla tant qu'il lui plut, amenant la jeune servante à tomber en faiblesse et sentir que ses jambes se dérobaient. « Brave fillette ! dit la coiffeuse en riant. Mais ce vin, il n'en faut pas abuser. Ne pas boire la coupe jusqu'à l'ivresse ! Sinon, qui sait à quelle folie on en viendrait ? » Hailing donna une bonne tape dans le dos de la coiffeuse : « Tandis que grand-mère divague, nous perdons de vue l'affaire principale ! » Tous trois se mirent en mouvement, d'excellente humeur, et parvinrent aux appartements de Ding'ge.

Chaudes lumières, riche vaisselle, chair et poisson, nourritures délicates finement préparées et superbement disposées. Un vrai repas de noces ! Ici l'on présente l'un à l'autre les époux. Là messieurs et dames, pomponnés et revêtus de leurs beaux atours, se préparent à un grand banquet où tout a été conçu dans les règles de l'art. Hailing s'approcha et salua bien bas. Ding'ge lui rendit nerveusement son salut. Hôtesse et invités prirent place autour de la table. La coiffeuse dit : « Il convient désormais de s'asseoir comme de nouveaux mariés sous le dais [1],

1. Lors de la cérémonie de mariage, les nouveaux époux s'assoient côte à côte sur le lit et les invités jettent contre le dais des fruits et céréales qui retombent en pluie, gage de fécondité.

êtes-vous les père et mère des époux pour vous tenir ainsi face à face ? » Elle tira Ding'ge par la main et la conduisit à côté de Hailing. Guige dit d'un ton enjoué : « Après avoir fait l'entremetteuse, vous tenez maintenant le rôle de la parente plus âgée qui soutient la jeune épouse. — Bien sûr, dit Hailing, c'est le principe de *l'un se divise en deux* ! »

Sans plus de cérémonie, le jeune homme et la jeune femme s'attablèrent donc épaule contre épaule et croisèrent leurs coupes. A leur côté, la coiffeuse verse à boire à gauche, pousse à vider son verre à droite. Debout derrière les sièges, Guige tient le pichet. De les voir ainsi animés et émoustillés, elle sentait son visage rougir et pâlir, et pâlir et rougir. Hailing remarqua ses sourcils froncés, ses yeux plissés, comme si elle était agitée intérieurement. Se tournant alors vers Ding'ge, il lui dit : « L'affection mal placée dont vous m'honorez, Madame, n'a d'égale que l'incommensurable félicité de la montagne Tiantai. (Dans le Zhejiang. Un jeune lettré des Tang y passa la nuit avec deux immortelles.) — La considération imméritée que vous accordez à mon indigne personne, répondit Ding'ge, représente la bonne fortune de trois vies (présente, passée, future). Mais la montagne Tiantai abritait deux immortelles. Dois-je entendre par là qu'ayant obtenu le Shaanxi, Votre Seigneurie louche vers le Sechuan ? » Hailing s'agenouilla devant elle : « Loin de moi semblable duplicité ! protesta-t-il. L'honorable personne devant qui je me prosterne est mon unique jade. » La coiffeuse intervint : « Courtes sont les nuits de plaisir, longues les nuits solitaires. Et vous, cœurs enfin unis, ne gaspillez point de si précieux moments ! » Elle débarrassa les reliefs du festin, tira le verrou et emmena Guige dormir.

Main dans la main, Hailing et Ding'ge se retirèrent derrière le rideau, irrésistiblement entraînés par la passion. Boutons défaits, mains chercheuses, vêtements arrachés, enlacements ardents et indicibles. Mutuel attrait, cent séductions, mille fascinations. Enivrement sacré, l'âme *hun* s'envole, l'âme *po* s'égare. Les désirs printaniers envahissent l'être et le tiennent captif. Alentour, une paire de papillons volette.

Sens dessus dessous, sens dessous dessus, deux veilles ont passé sans qu'ils songent à relâcher leur étreinte. Le poème dit :

Digu pénètre avec ardeur ;
Ding'ge l'accueille de tout cœur ;
Pressés comme font laque et colle,
Jouets d'une passion folle ;
Vrillés comme vigne follette,
Et sans se perdre en amusettes ;
Mais jusques à l'épuisement
Se prenant et se reprenant.
Leur dualité oubliée,
A ce moine [chauve[1]*] accrochés.*

Passionnément, à la folie… A présent, leurs paupières se closent. Mais à peine ont-ils goûté un léger repos que déjà Ding'ge du *yang* de Hailing s'est ressaisie. Elle le suce et le pétrit entre ses doigts effilés. Bientôt ce *yang* durcit à merveille, s'allonge à plaisir, se dresse fort à propos. Hailing s'empare de la porte *yin* de Ding'ge. Il la palpe, la pénètre du doigt, la hume. Bientôt cette porte *yin* paraît brûlante à ne

1. Pour ceux qui ne l'auraient pas compris, le « moine chauve » c'est… ce que les autres ont bien compris.

pas croire, humide à souhait, palpitante à ravir et comme douée d'une vie propre. De nouveau le *yang* s'y introduit, s'y engloutit, va et vient une veille durant. Le sommeil enfin les gagne, dans les bras l'un de l'autre.

Notre amie la coiffeuse, pour sa part, ronflait [comme un sonneur dirait-on chez nous], profondément endormie. Seule Guige, qui tantôt les écoutait tantôt se levait pour les voir à l'œuvre, abasourdie, stupéfaite par le spectacle de leurs jeux, de leur délire, demeurait agitée sur sa couche et incapable de fermer l'œil. Lorsque la cloche tinta à la tour du tambour, que la clepsydre se fut vidée, qu'on entendit les sonneries de trompes [militaires], elle se leva, vint devant le lit et dit bien haut : « Le coq va chanter, veuillez vous lever ! Il reste encore à arranger les futurs rendez-vous. » Hailing s'éveilla, comme tiré d'un songe, et revêtit sa robe, prêt à partir. Ding'ge s'était habillée et voulut l'accompagner. Hailing dit en la serrant sur son cœur : « Reposez-vous tranquillement. Nous goûterons ce soir de nouvelles délices. » Ding'ge dit : « Vous vous êtes épuisé cette nuit pour moi, comment pourrais-je ne pas vous raccompagner jusqu'à la porte ? » Hailing l'en dissuada fermement. Elle se recoucha donc et enjoignit à Guige de bien reconduire Son Excellence, en évitant de se faire remarquer.

Guige prit la lanterne et, ouvrant précautionneusement porte après porte, escorta Hailing. Après quelques pas, celui-ci remarqua sur le côté une assez grande pièce qui semblait vide et inoccupée. « Ah ! la gentille fillette ! dit-il en prenant Guige par la taille. Après la mauvaise nuit qu'elle a passée par ma faute, je ne lui ai pas encore marqué ma reconnaissance. Par bonheur, il n'y a personne ici. Entrons nous amuser un peu, afin que ton cœur n'ait pas brûlé en vain. » Guige dit : « Madame est très soupçonneuse. Si je rentre en retard, elle ne manquera pas de s'étonner. D'ailleurs, dans cette pièce, il n'y a pas de lit. Comment s'y prendre ? » Hailing dit : « Puisque tu m'as guidé pour venir, Madame ne saurait t'être que reconnaissante ; elle ne se montrera pas jalouse, sois-en sûre. Pour ce qui est du lit, je peux te le faire debout, je peux te le faire adossée au mur, point n'est nécessaire d'être couchés dans un lit. » Guige ne demandait qu'à se laisser convaincre et entra avec lui dans la pièce. Il s'y trouvait un vieux fauteuil renversé. Hailing le redressa, le poussa contre le mur, et dit tout de go à Guige d'ôter son pantalon brodé et de s'asseoir dedans. En même temps, il se défaisait de sa robe, produisait sa bite dressée et, sans seulement s'inquiéter de savoir si le chas était grand ou petit, venait forcer l'entrée du minet de la jeune fille, mû par sa seule frénésie jouisseuse. Or, Guige n'avait pas plus de quinze ou seize ans. Wu Dai qui la trouvait à son goût avait certes essayé de la peloter dans les coins, mais par crainte de Ding'ge n'avait pas osé pousser plus avant. Elle n'avait jamais vu faire que Ding'ge et Hailing, leurs enlacements étroits, leurs fiévreuses allées et venues, et n'imaginait pas un instant la douleur causée par la défloration. Aussi, prenant appui sur les accoudoirs du fauteuil, se cambrait-elle avec confiance, loin de prévoir que Hailing la pénétrerait avec tant de violence. D'effroi, son visage blanchit. En vain essayait-elle de rétracter les fesses. Tour à tour, l'un avance l'autre recule, comme face à l'ennemi.

Elle entoura Hailing de ses bras blancs : « Là, en dedans, j'ai horriblement mal ; laissez-moi, par pitié ! Je ne comprends vraiment pas, soupira-t-elle, quel intérêt présente toute cette affaire, pour que Madame vous serre si étroitement contre elle et ne veuille pas vous lâcher. — Tu as un peu mal, répondit Hailing, parce que c'est la première fois ; mais quand tu recommenceras tu ne souffriras plus. Ta maîtresse, elle, est, un vieux pot, le cul lui démange ; il ne faut pas moins que ma grande et grosse queue pour apaiser sa fringale. Voilà pourquoi elle m'embrasse et ne me lâcherait pour rien au monde. — J'ai mal, je n'en peux plus, dit Guige, qui parle de démangeaisons ! S'il vous plaît, laissez-moi m'en aller. » Hailing eut pitié d'elle ; il se contenta d'une centaine de petits coups portés avec retenue, et soudain se répandit à grands flots. Chacun s'essuya avec les pans de la robe [de nonne], après quoi Hailing sortit par la petite porte.

Qui eût pensé que Ding'ge, trouvant Guige bien longue à reconduire Hailing, suspecterait entre eux quelque manigance, se lancerait discrètement sur leurs traces et se posterait à proximité de la porte d'angle ! Bientôt, elle aperçut Guige qui revenait sans se presser. Elle se rencogna dans l'ombre pour voir ce que celle-ci ferait, et l'entendit, en effet, qui riait et se parlait à elle-même tout en refermant la porte : « Non mais quelle histoire ! Un type que je ne connais pour ainsi dire pas ! On s'enlace, on s'embrasse ; son gros machin tout dur, il me le fourre comme un dément, d'ailleurs cela me fait encore drôlement mal ! Sans la moindre raison valable ! Et puis, je ne sais pas, on aurait dit qu'il m'aurait tout compissée dedans ! Et quand je me suis relevée, si je m'y attendais ! cela coulait le long de ma jambe. C'est-y pas farce ! » Plus elle parlait, plus elle s'esclaffait, se dirigeant vers les appartements des femmes, persuadée d'être seule et loin d'imaginer que Ding'ge la suivait comme son ombre. Ce n'est qu'en se tournant pour refermer la porte qu'elle la vit, debout sur le seuil. De frayeur et de confusion, elle tomba à la renverse. Ding'ge l'aida à se relever. « Alors, dit-elle, vous ne vous êtes pas ennuyés tous les deux. Ne nie pas, j'ai tout vu. — Nous ? dit Guige, on n'a presque rien fait. — Inutile de nier, reprit Ding'ge. D'une autre, je ne le souffrirais pas. Mais je te suis redevable d'avoir conduit jusqu'à moi cet être sans commune mesure avec mon cochon de mari ; et si je suis amenée à entretenir avec lui des relations suivies je pourrai difficilement te refuser une part du gâteau. Mais à l'avenir ne t'avise pas de prendre le premier tour, sinon gare ! — Comment la petite servante oserait-elle passer devant Madame ! se récria Guige. J'espère seulement que Madame me pardonnera. » S'étant ainsi comprises, toutes deux s'assirent, ravies et contentes, pour attendre l'aube. Inutile de rapporter leur conversation.

Hailing venait souvent retrouver Ding'ge et passait la nuit dans les plaisirs. Ding'ge et Guige, telles deux sœurs, ne se portaient aucun sentiment de jalousie. Peu à peu, la plupart des servantes se doutèrent qu'il y avait anguille sous roche mais sans savoir au juste de quoi il retournait. Le seul à ne rien savoir était ce bon Wu Dai.

Le temps vole comme une flèche ; les jours, les mois défilent à la vitesse d'une navette de tisserand. Cette liaison durait depuis quelques mois lorsque, brusquement, Hailing se décrocha de l'hameçon et interrompit ses visites. Ding'ge pleura en secret, n'avait plus goût aux nouvelles parures, s'enfermait, solitaire et glacée, dolente et repentante. Elle dit à Guige de faire porter à Hailing par la coiffeuse une lettre où elle le pressait de revenir. Malheureusement, la coiffeuse se trouvait malade, alitée, incapable de sortir. Ding'ge ne contenait plus les désirs printaniers de son cœur, ne maîtrisait plus son inclination lascive ; une journée lui pesait comme une année. Wu Dai lui faisait l'effet d'une épine dans l'œil ; ses apparitions la rendaient encore plus malheureuse.

A force de ruminer son chagrin, elle s'avisa qu'il se trouvait parmi les domestiques nés dans la famille un certain Yanqi'er n'ayant pas vingt ans, assez propre de sa personne et vif d'esprit, surtout comparé à cet imbécile de Wu Dai. Puisque Hailing la laissait tomber, pourquoi ne pas se distraire un moment avec cet autre, en attendant mieux ? Mais, craignant la réprobation de Guige, elle n'osa lui soumettre l'idée et saisit l'occasion d'une absence de sa suivante, partie voir ses parents, pour exécuter son dessein.

Glissant à pas menus sur ses lotus d'or et relevant sa robe brodée à la mode du Hunan, elle sortit devant la grande salle pour voir si Yanqi'er ne se trouverait pas dans les parages. Et justement, comme elle passait sous l'auvent d'un pavillon latéral, elle tomba sur lui, qui entrait. Yanqi'er s'effaça pour lui laisser le passage. Ding'ge s'arrêta, jeta un coup d'œil à droite et à gauche, et s'étant assurée qu'il n'y avait personne à proximité adressa aimablement la parole au jeune valet : « Viens avec moi, j'ai quelque chose à te faire faire. » Jusqu'à ce jour, et pour quelque affaire que ce soit, ce Yanqi'er n'avait jamais osé pénétrer dans la grande salle. Mais, à l'injonction de Ding'ge, n'ayant cependant aucune idée du motif, il la suivit avec empressement jusqu'à l'entrée de la salle et s'arrêta à la porte sans oser entrer. « Entre, Yanqi'er », lui dit Ding'ge. Il fit un pas dans la salle, mais voyant que Ding'ge s'y trouvait seule et non accompagnée, il ressortit précipitamment. Ding'ge le rappela : « Entre, ne crains rien, j'ai à te parler. » Puisque la maîtresse lui disait d'entrer à quatre ou cinq reprises, Yanqi'er finit par se rassurer, reprit courage, entra et se tint devant elle. Ding'ge avait jugé à propos de lui faire revêtir avant tout une tenue seyante. Elle lui dit : « Un homme tel que toi mériterait de se voir attribuer un poste de confiance. Il n'y a que tes habits qui gagneraient à être plus présentables. C'est pourquoi je t'offre ces vêtements. Va-t'en vite aux étuves publiques, lave-toi bien, change tes habits sales pour les propres que voici et reviens te mettre à ma disposition. » Yanqi'er n'était point sot, il comprit parfaitement ce qu'elle avait en tête. Il se prosterna contre le sol, se confondit en remerciements et sortit en emportant les habits neufs. Il avait l'intention de se rendre aux étuves publiques, mais réfléchissant que l'eau y serait sans doute graisseuse et malodorante, et que Madame n'aimerait sûrement pas cela, il jugea préférable de faire chauffer une marmite d'eau à son propre logis, emprunta une bassine et se récura des pieds à la tête. Puis, il revêtit les vêtements propres et, sous prétexte de rendre compte à Madame, se présenta chez Ding'ge. Il demeura un moment incertain à la vue des suivantes qui se trouvaient dans la pièce, échangea quelques plaisanteries avec elles et ressortit. Ding'ge nota combien son aspect avait gagné au change et se dit qu'elle le trouvait assez à son goût. Peu après, Yanqi'er revint ; cette fois Ding'ge était seule. Elle lui tendit le bol où elle buvait, encore à demi plein de thé odorant : « Bois ce thé, ne le refuse pas. » Yanqi'er reçut le bol à deux mains, le vida d'un trait. « Un vrai nectar, dit-il, comment exprimer ma gratitude envers la vertu accomplie de Madame ? » De nouveau, il se prosterna. Ding'ge le fit se relever, non sans quelque confusion, et il en profita pour pincer légèrement sa chaussure de soie brodée rouge. Ding'ge eut un rire joyeux, reprit son siège et lui dit : « Il fait encore jour, sors et ne te montre pas à tout moment, inutile de mettre la puce à l'oreille des servantes. A la nuit tombante, reviens sans bruit ; je serai là pour t'ouvrir. » Ainsi muni de ses instructions, Yanqi'er sortit et s'éloigna bien vite. Lorsque le ciel s'obscurcit, il commença par se remplir la panse à titre prévisionnel. Puis il alla se dissimuler dans une pièce vide et attendit. Quand la nuit fut venue et que tout dormait et reposait, il se glissa hors de sa cachette et avança à tâtons. Comme convenu, la porte de Ding'ge n'était pas barrée. Une petite lanterne jetait une faible lueur : seule dormait là une petite servante du nom de Xiaodi'yaoshinu, pour l'heure profondément assoupie derrière le lit. Yanqi'er s'avança à pas de loup et s'écria : « Madame, Yanqi'er est là ! » Ding'ge sursauta : « Tais-toi, malheureux ! Tu me feras mourir de peur ! — Madame, dit-il, veuillez n'y voir que le zèle de votre serviteur. » Ils ne firent pas mine d'échanger des propos courtois, n'essayèrent pas de prendre l'air digne, mais se mirent nus dans l'instant et se jetèrent sur le lit, excités, ô combien !

L'une dans son appartement obscur fut longtemps délaissée ;
L'autre approchait une femme pour la première fois.
Dans-l'appartement-obscur-longtemps-délaissée, comme un tigre affamé se jette sur l'agneau ;
Approche-une-femme-pour-la-première-fois, tel du haut des cieux l'aigle fond sur un lapin.
Près de l'oreiller où reposent les canards mandarins le linge soyeux s'éparpille ;
Sur la couverture aux teintes bleues de martin-pêcheur la chevelure nuageuse se répand.
Ce à quoi Ding'ge aspirait tant lui était enfin accordé ;
L'esprit guerrier de Qi'er trouvait enfin à se manifester.
L'un et l'autre souhaitaient un amour éternel ;
Mais se contenteraient dans l'immédiat.
Du temps précieux inclus entre le crépuscule et l'aube.

Ding'ge et Yanqi'er prirent leur plaisir ensemble plusieurs nuits d'affilée, comme après la sécheresse la pluie bienfaisante, comme le poisson sorti de l'eau remis dans son élément. A son retour, Guige constata d'emblée que le visage de Ding'ge avait perdu son expression mélancolique. « Cet homme est donc revenu ? demanda-t-elle. — Cet homme-là ? dit Ding'ge. Cela ne risque pas. Ou bien il s'adresse désormais ailleurs, ou bien il a été envoyé en mission. De mon côté, je n'ai cessé tour à tour de penser à toi et de te détester. — Madame a pensé à moi et m'a détestée ? s'étonna Guige. — Etant donné que tu l'as fait venir, cela me faisait penser à toi ; et étant donné qu'il ne venait plus, cela me faisait te détester. » Guige écoutait ces explications de Ding'ge avec un certain scepticisme. Le nom de Yanqi'er était sur ses lèvres, même si elle hésitait à le prononcer. Peu après,

Ding'ge s'isola avec Guige dans sa chambre, ayant à lui parler. Mais une fois réunies, elle se tint rouge et muette comme si elle avait avalé sa langue. Guige patienta un moment, puis dit : « Madame a appelé la petite servante, sans doute a-t-elle certaines instructions à lui communiquer. Pourquoi ne dit-elle rien ? » Ding'ge poussa un long soupir, et commença : « En ton absence, il est survenu ici une fâcheuse affaire dont je désirais m'entretenir avec toi ; c'est pourquoi je t'ai fait venir, mais maintenant que tu es là, je ne trouve plus mes mots. Exactement comme dans le *Xixiang ji*, lorsque le héros dit : *Dans son dos, je prépare mille choses à lui dire, mais une fois devant elle, je ne trouve plus un seul mot.* — Auparavant, dit Guige, Madame ne formait pas une pensée qu'elle n'en fît part à sa suivante. Pourquoi aujourd'hui ce trouble, cet embarras ? — Ce n'est pas facile à dire, hésita Ding'ge. Bon, voilà, j'ai été violée par Yanqi'er. » Guige dit [sans marquer de surprise excessive] : « Ce Yanqi'er n'est jamais qu'un petit voyou, Madame peut oublier le viol et ne plus s'en soucier. Si au contraire Madame entend sévir, le portier n'a qu'à porter plainte au bureau de police. Ils lui infligeront une mémorable bastonnade, outre le port de la cangue pendant deux ou trois mois ; ainsi sera vengé l'affront. — Il ne s'agit pas de ce Yanqi'er-là, dit Ding'ge, c'est pourquoi je voulais discuter avec toi des mesures appropriées… — S'il ne s'agit pas de ce Qi'er-là, de quel Qi'er s'agit-il ? — C'est notre Qi'er, dit Ding'ge, celui de la maison. — Si c'est le Qi'er de chez nous qui a assailli Madame, dit Guige, la conduite à suivre est encore plus simple. Madame ne souhaitant ni s'en occuper elle-même ni prévenir la police, il suffit d'attendre le retour de Son Excellence, qui se fera un plaisir de lui administrer quelques centaines de coups de canne et le jettera à la porte du *yamen*, un point c'est tout. Je ne vois pas là matière à "mesures appropriées" ou "inappropriées". » Ding'ge s'approcha de l'oreille de Guige : « Ce n'est pas ainsi qu'il convient d'envisager les choses. Après avoir été ainsi prise de force par Yanqi'er, je ne tenais pas à ébruiter l'affaire, préférant attendre ton retour pour décider avec toi des mesures à prendre. » Guige rit : « La coutume et l'usage, dit-elle, interdisent à tout homme de pénétrer directement dans la grande salle. Si un visiteur s'annonce, une suivante se porte à sa rencontre, une petite servante transmet le message, alors seulement peut-il entrer. Comment ce chien maudit se serait-il risqué à pénétrer dans l'appartement des femmes, se jeter sur Madame, la prendre de force, la violer tout de bon ? Il faudrait qu'il soit doué d'une audace insensée ! Madame ne m'a pas encore précisé s'il a fait irruption dans son appartement de jour ou de nuit. » Le visage de Ding'ge passa du rouge au blanc et du blanc au rouge. « A ne te rien cacher, dit-elle d'un air confus, c'est la nuit qu'il est entré. » Guige rit de nouveau : « Des déclarations de Madame, il ressort manifestement que nous nous trouvons devant un cas de relations consenties et non de relations forcées. On ne saurait accuser le seul Qi'er ; Madame porte aussi une part de responsabilité. » Ding'ge reprit : « Je dormais dans mon lit. Il est entré dans la pièce, je ne sais comment, et a réussi à enfiler son *ce que je pense* dans mon *ce que je pense*. Je m'éveillai en sursaut, mais déjà le gredin s'était livré à je ne sais combien d'allées et venues. Il ne me restait qu'à subir. »

Guige se mit à rire : « A la réflexion, ce chien serait plutôt un pic-vert. » Ding'ge rit à son tour : « Allons bon ! pourquoi un pic-vert ? — La petite servante, dit Guige, a souvent observé cet oiseau lorsque de son bec il tape et pique et pique et tape contre les arbres. Les insectes sortent d'eux-mêmes de l'écorce pour se faire manger. Or, la porte de Madame est soigneusement fermée et plusieurs dames de compagnie se tiennent dans la chambre. Je ne sais si ce chien maudit a tapoté et retapoté contre la porte de Madame, ou s'il l'a picotée et repicotée, toujours est-il que la porte s'est ouverte d'elle-même, permettant à son *ce que je pense* de s'introduire dans le *ce que je pense* de Madame. Alors, si ce n'est pas un pic-vert... » Ding'ge rit de bon cœur : « Chère sœur, dit-elle, tu n'as pas tort de te moquer de moi. A présent, je vais te dire la vraie vérité. L'homme que tu sais ne venait plus depuis longtemps, et en mon cœur je lui en voulais beaucoup. Tu n'étais pas non plus à la maison ; il n'y avait personne à qui me confier. Lasse de cette solitude et à force de ressasser mon ennui, je me résolus à recevoir Qi'er. Mais maintenant que tu es revenue je vais rompre avec lui et ne le laisserai plus venir ici, voilà. » Guige dit : « Le traité des lois de Xiao He[1] dit : *En cas d'adultère, battre et séparer*. Les résolutions de Madame sont en tout point conformes à la loi, et, bien entendu, c'est à elle de décider de sa conduite. Je crains cependant que ce vermisseau ne se refuse à retourner sous son écorce et ne s'obstine à reparaître pour se faire gober. » Elle parlait encore

1. Célèbre ministre de la Justice sous le règne de Han Gaozu (206-194).

que le portier vint annoncer le retour de Wu Dai. Toutes deux sursautèrent, saisies d'inquiétude, le visage blême, et s'empressèrent d'aller accueillir Son Excellence, ce qui mit fin à l'entretien.

En dépit des assurances prodiguées à Guige, Ding'ge ne se résolvait pas à perdre Yanqi'er et continua à fricoter discrètement avec lui au gré des circonstances, mais ils n'osaient plus passer les nuits ensemble. Guige n'était point dupe, elle faisait celle qui ne voit rien et n'envisageait pas de les trahir. La demoiselle d'honneur Yaoshinu surprit un jour Ding'ge et Qi'er en grande conversation dans un passage couvert. Elle courut en avertir Guige, laquelle lui dit vertement de se mêler de ce qui la regardait si elle ne voulait pas encourir l'ire de Madame, menace qui suffit à clore le bec de la petite.

Qi'er venait souvent asticoter Guige, dans l'espoir de la compromettre et de s'assurer sa complicité. Guige, elle, l'ignorait superbement. En une certaine rencontre, Qi'er, s'étant assuré qu'ils étaient seuls, commit l'erreur de la prendre dans ses bras et d'essayer de l'embrasser, et n'y gagna qu'une pluie d'injures. « Maudit chien, s'écria-t-elle, tu n'échapperas pas au supplice de la mort lente par découpage ! Un imbécile qui ne distingue pas sa droite de sa gauche et a l'audace de m'importuner ! Je t'aurais dénoncé depuis longtemps, mais on ne trouverait aucun lieu assez disgracié pour y enterrer un chien de ton espèce ! » La rebuffade refroidit les ardeurs de Yanqi'er, qui s'en plaignit secrètement à Ding'ge et n'osa plus poursuivre Guige de ses assiduités.

Lorsque Hailing accéda au trône, Wu Dai fut maintenu dans ses fonctions de gouverneur de

Chongyi. Dans les grandes occasions, jours fastes, anniversaires, il envoyait les esclaves nés dans la famille, Ge Su et Ge Wen, présenter à la cour ses vœux de longévité. Ding'ge, pour sa part, envoyait Guige s'enquérir de la santé des impératrices. Quand il vit Guige, Hailing éprouva un coup de revenez-y. Il lui tint ce langage, à l'intention de Ding'ge : « La coutume de l'empire est d'avoir deux impératrices. Vous devriez tuer votre mari pour vous donner à moi, et je vous couronnerais impératrice. » A son retour, Guige rapporta l'entrevue à sa maîtresse. Ding'ge rit : « Dans ma jeunesse, j'ai pu me livrer à certaines actions répréhensibles, mais à présent mes enfants sont adultes ; comment pourrais-je commettre un acte si odieux qui couvrirait de honte ma descendance ? En outre, tu ne l'ignores pas, il y a aussi Yanqi'er. Nous nous accordons bien et ne souhaitons pas être séparés. » Après que cette fin de non-recevoir lui fut rapportée, Hailing envoya un émissaire dire à Ding'ge : « Si vous ne consentez pas à tuer votre mari, j'exterminerai tout votre clan. » Cette fois, Ding'ge prit peur. Elle prétexta de la présence de Wu Dabu : « Il est constamment auprès de son père ; je ne vois pas comment on pourrait s'y prendre. » Hailing convoqua aussitôt Wu Dabu et le nomma à un poste lointain. Ding'ge dit alors à Guige : « A présent, il n'y a plus d'échappatoire. » Elle attendit que Wu Dai fût ivre mort et ordonna aux deux esclaves Ge Su et Ge Wen de l'étrangler. C'était le septième mois de la quatrième année de l'ère Tiande (1152). Wu Dai mort, Hailing affecta la plus vive affliction et lui fit de grandioses funérailles. En même temps, par l'intermédiaire de la demoiselle d'honneur Yaoshinu, il communiquait avec Ding'ge en vue de son entrée au palais. Ding'ge se disposa à partir, Guige à sa suite. La petite Yaoshinu lui dit, comme par manière de plaisanterie : « Si Madame s'en va, comment Yanqi'er supporterait-il son absence ? » Ding'ge comprit l'avertissement voilé et, de crainte que des indiscrétions ne parviennent aux oreilles de Hailing, fit don à la demoiselle d'honneur de dix-huit esclaves, afin qu'elle taise sa liaison secrète.

Ding'ge entra donc au palais. Hailing lui fit place parmi les concubines et, dès la première année Zhengyuan (1153), la promut *guifei*. Il se plaisait fort à l'honorer et se proposait d'en faire une impératrice. Il octroya à un des esclaves de Ding'ge, nommé Cun Mei, la distinction de doctorat du troisième degré. Et, s'il se promenait en voiture avec elle autour des étangs du parc, toutes les concubines devaient suivre. Yanqi'er, de son côté, en tant que serviteur de longue date, était demeuré en charge de la demeure familiale de Ding'ge.

Par la suite, Hailing eut de plus en plus de favorites. Ding'ge ne le vit plus que de loin en loin. Un jour qu'elle se trouvait seule, Hailing vint à passer devant son pavillon en voiture, accompagné d'une autre concubine. A ce spectacle, Ding'ge fondit en larmes, supplia qu'on la laissât retourner chez elle, maudit Hailing. Hailing fit celui qui n'entendait pas et poursuivit sa promenade.

Se sentant complètement délaissée, Ding'ge songea à renouer avec Yanqi'er. Elle envoya une nonne bouddhiste dire à Qi'er d'apprêter et lui envoyer des vêtements qu'elle avait laissés chez elle lors de son entrée au palais. Qi'er comprit son dessein et dit en riant : « Ainsi, la riche et noble concubine impériale se souvient de moi ! » Ding'ge se demandait comment introduire Qi'er au palais en déjouant la vigilance de la garde. Pour commencer, elle se fit apporter par ses suivantes un grand panier de linge sale. Les gardes le fouillèrent, et n'y trouvant que ce linge sale réalisèrent qu'ils avaient commis un impair. Effectivement, quelqu'un de la suite de Ding'ge vint aussitôt les admonester : « Vous vous êtes sciemment amusés à examiner le linge intime de la concubine impériale. Qu'avez-vous à répondre ? Sachez qu'il en sera rendu compte au trône. » Les gardes terrorisés et craignant pour leur vie assurèrent qu'ils ne se permettraient plus semblable indiscrétion. Ding'ge se fit alors envoyer par la nonne le panier où avait pris place Qi'er, et dans lequel la garde se garda bien cette fois de mettre le nez.

Qi'er demeura plus de dix jours au palais. Passion débridée, jeux galants, le bonheur de Ding'ge passait ses espérances mais ne pouvait malheureusement se prolonger. Il fallut songer au départ. Elle lui fit revêtir des habits de femme, et ainsi, mêlé aux dames d'honneur, il réussit à sortir à la nuit tombante.

Guige le sut, elle en avertit Hailing [1]. Hailing fit étrangler Ding'ge. Qi'er et la nonne furent exécutés. Guige reçut la seigneurie du pays de Cui. La petite Yaoshinu, pour s'être prêtée aux intrigues de Ding'ge, reçut cent cinquante coups de canne. Hailing l'autorisa ensuite à se suicider.

---

1. Choquant ! Crainte en cas de non-dénonciation pour sa propre sécurité ? Comportement engendré par la tyrannie ?... Les nouvelles chinoises se terminent souvent ainsi, de façon abrupte.

La *lifei* Shige, sœur cadette de Ding'ge, était l'épouse du chef du secrétariat d'Etat, Wen. Après une passade qu'il avait eue avec elle, Hailing voulut la faire entrer au palais. A cette fin, il chargea une épouse du père de Wen, nommée Anduguo, d'aller séjourner dans la famille Wen. « Il faut, lui avait-il dit, qu'il renonce à sa femme. Sinon, j'userai d'autres moyens. » Anduguo transmit le message à Wen. Celui-ci la trouva saumâtre. Anduguo lui dit : « L'empereur a prévenu qu'au besoin il userait d'autres moyens. En d'autres termes, il n'hésitera pas à vous tuer. Quand vous vous serez fait tuer pour conserver votre femme, vous serez bien avancé. Le dernier des idiots le comprendrait. » Wen n'avait pas le choix. Les époux s'embrassèrent en pleurant et se firent leurs adieux. Hailing se trouvait alors dans la capitale du Centre (Pékin). Il y fit venir Shige et la reçut au palais. En compensation, il donna à Wen l'ancienne femme de Dinian'abu, Zetelan. Un jour que Hailing et Shige se tenaient dans un pavillon écarté, Hailing fit venir Wen et poussa Shige à railler son ancien époux :

« Secrétaire Wen, la vie présente est-elle plaisante ?
— Concubine Shi, l'ardeur ancienne demeure prenante.
— Oublions le passé, évoquer le passé chagrine en vain.
— Laissons le présent, parler du présent n'intéresse en rien.
— Coups tirés, coups donnés, tout finit par s'arrêter ; triste mine ne dure éternellement.
— Aller venir, entrer sortir, tout peut toujours recommencer ; la saveur en plaît indéfiniment.
— Je me ris de votre lance en cire comme au théâtre, belle peinture et c'est tout.
— Je m'amuse de votre vieux panier dépenaillé, sans dessus ni dessous.
— Si je vous avais gardé, j'eusse gâché ma vie.
— Si vous ne m'aviez jeté, vous eussiez bien vieilli.
— Menue et faible, votre *ce que je pense* n'est guère entreprenante.
— Vaste et puante, votre *ce que je pense* n'est guère avenante.
— En ses vies antérieures, Zetelan ne s'est pas réformée, elle change de l'or pour un caillou.
— En sa vie actuelle, l'empereur est déjà rétribué, il troque ses poules pour un coucou.
— Votre vit ne sort de l'ordinaire, oui parfaitement inexistant.
— Votre con est bien banal, oui parfaitement insignifiant.
— Mais si l'on vous coiffait le chef avec mon con, cela vous donnerait un air tout rubicond.
— Et si l'on vous fermait la bouche de ma quéquette, cela éviterait d'entendre des sornettes. »

Devant cet assaut d'amabilités, Hailing se tordait de rire et applaudissait à tout rompre, imité par les dames présentes. « Shige, dit-il à Wen, a l'esprit de repartie, et vous, vous n'êtes pas mauvais non plus. Mais dites-moi, depuis que Shige est entrée au palais, songez-vous encore à elle ? » Wen répondit : « *Entrer dans une famille noble, c'est s'enfoncer dans la mer. Les anciennes amours [deviennent comme] un étranger croisé sur la route*[1]. Comment votre serviteur oserait-il nourrir des sentiments déplacés ? »

Peu après, Ding'ge fut étranglée. Shige, sa sœur, fut renvoyée du palais, mais ne tarda pas à être rappelée et nommée *zhaoyi*. Puis, la première année Zhenglong (1156), promue *roufei*, et la deuxième année (1157), promue *lifei*.

La *zhaoyuan* Chaba, de la famille Yelü, avait été promise en mariage à un barbare Xi nommé Xiaotang'gudai. [Malheureusement,] Hailing entendit parler de sa beauté. Il la fit entrer au palais *nolens, volens*, et nomma Xiaotang'gudai officier dans la garde impériale. Chaba ne tarda pas à découvrir que les concubines de Hailing étaient trop nombreuses et que chaque nouvelle flamme rejetait les anciennes dans l'oubli. Mais qu'y pouvait-elle ? Il lui fallut se faire à cette existence. Néanmoins, son cœur restait fermement attaché à Xiaotang'gudai. Elle broda au fil d'or des motifs de cailles sur quelques bourses et les lui fit porter par une servante, accompagnées d'un poème calligraphié de sa main :

---

1. Vers d'un poète des Tang, Cui Jiao, dans un poème offert à une servante qui quittait la famille. (Jolie coutume.)

Dans le palais profond entrée adolescente.
Je demeure à jamais oisive et languissante.
Mes pensées vont vers vous, ami, et puis mes pleurs.
N'ayant pu savourer ensemble le bonheur,
Bientôt j'imiterai celle qui, solitaire,
Attendant son époux fut transformée en pierre[1].

Xiaotang'gudai reçut l'envoi, craignit le pire et se retira au poste de Hejian. Entre-temps, l'affaire s'était sue. Hailing le convoqua. Xiaotang'gudai jura qu'il n'y était pour rien. Hailing dit : « Ce n'est pas votre faute ; c'est la faute de celle qui pense à vous. Je vais vous unir dans une vie ultérieure. » Il monta avec Chaba à la tour Baochang, la poignarda de sa propre main et précipita le corps. Tant l'impératrice que les concubines tremblaient de tous leurs membres et gardaient les yeux rivés au sol. Fut également mise à mort la servante qui avait transmis le poème et les bourses brodées de cailles.

Hailing fit périr les descendants mâles de la famille impériale et, parmi leurs femmes et filles, se proposait de choisir les plus belles pour son harem. Il s'en ouvrit d'abord au premier ministre Tudanzhen : « Ma lignée n'est pas considérable, ces femmes et filles sont de mon clan, elles appartiennent toutes à ma famille proche ou lointaine ; [le mieux à mon sens serait de] les faire entrer au palais. Qu'en pensez-vous ? » Le ministre sonda [le conseiller] Xiao Yu. Yu dit : « L'extermination de la famille impériale

1. Légende de Wang fu shan : regardant du haut de la montagne si son mari ne revenait pas de guerre, elle fut finalement transformée en pierre.

a semé le trouble. On murmure ici et là. Y ajouter cet outrage ne me semble guère opportun. » Quand la réponse lui fut rapportée, Hailing dit : « Je me doutais bien qu'il ferait la mauvaise tête. » Il renvoya Zhen faire clairement entendre à Xiao Yu que l'idée émanait de l'empereur en personne mais qu'elle devait sembler venir de lui, Yu, et consorts. Zhen ne pouvait se dérober. Il retourna auprès de Xiao Yu et lui dit : « L'empereur a déjà pris sa décision. Si Votre Seigneurie s'obstine dans son refus, cela ira mal.
— Puisqu'on ne peut l'en empêcher, dit Yu, essayons au moins de le persuader de n'en prendre qu'une.
— Il faut néanmoins que ce soit vous et les autres conseillers qui le lui proposiez », dit Zhen. Voyant qu'il n'y avait plus rien à faire, Yu se plia à l'humiliante démarche.

A la suite de quoi, entrèrent au palais : Gaoshi, épouse de Jiuli, frère cadet de Pingde ; l'épouse de Suoluci, fils de Zongben ; l'épouse de Hulici, fils de Zong'gu ; ainsi que l'épouse de Hushilai. Entra également A'lan, épouse de Zongmin, fils du prince du pays Cao, le propre oncle de Hailing. La première année Zhengyuan (1153), elle fut nommée *zhaofei*. Mais le grand chancelier fit valoir que Zongmin étant proche parent de l'empereur, son épouse ne pouvait demeurer au harem ; A'lan fut donc autorisée à sortir. La même année, Gaoshi fut nommée *xiuyi*, son père Gaoyeluwa devint général en chef, sa mère née Wanyan reçut le titre de dame du pays Mi. Entrèrent encore : Shigu, princesse de Shouning, fille de Zongwang, prince de Song ; Puci, princesse de Jingle, et sa sœur Xiran, toutes deux filles de Zongbi, prince de Liang ; de même pour Shigu'er, fille de Zongjun. Toutes étaient cousines de Hailing et issues du même clan. Egalement : Suoliguzhen, princesse du pays Huntong, et sa sœur cadette Yudu, filles de Zongmu, grand chambellan de l'empire, arrière-cousines de Hailing et appartenant à son clan. Egalement : Naicihu, épouse de Zhang Ding'an, son cousin par les femmes ; et Puluhuzhi, sœur cadette de la *lifei*. Toutes étaient mariées ; seule Shigu était veuve. Mais Hailing n'éprouvait ni honte ni scrupules [à se les accaparer]. Il envoya Gaoshigu, Nei'ge, A'gu et autres femmes du palais leur transmettre sa volonté, et les eut toutes.

Ainsi, Gaoshigu, chargée d'approcher Suoliguzhen, lui tint ce discours : « L'empereur, vous ne l'ignorez pas, aime les jolies femmes. Votre propre beauté devait inévitablement vous attirer les hommages de Sa Majesté. Certes, vous êtes arrière-cousins de clan, mais après le mariage, cet obstacle est levé, vous devenez de parfaits étrangers. Pourquoi alors ne viendriez-vous pas au palais, servir votre souverain et mériter ses faveurs ? » Suoliguzhen répondit : « L'empereur et moi portons le même nom de clan. Le mariage entre personnes de même clan est interdit. Les *Annales des Printemps et des Automnes* relatent que le prince Zhao (de Lu, début du VIe siècle av. J.-C.) lui-même fut blâmé pour ce motif. Qui plus est, nous sommes arrière-cousins ; comment commettrions-nous une offense préjudiciable à tout le clan ? » Gaoshigu dit : « Vos intimes pensées me sont connues de longue date. Laissez-moi cependant vous assurer que le *yang* de (votre époux) Sansu ne soutient d'aucune manière la comparaison avec celui de Sa Majesté. » Suoliguzhen rougit sans répondre. Puis finit par dire : « Tous deux sont hommes, tout homme possède cette affaire-là. Quelle différence y a-t-il ? Gardez votre zèle de commande. — Le *yang* de l'empereur, insista Gaoshigu, est grand et fort ; personne ne peut l'égaler. N'avez-vous pas entendu parler du fameux Laodu (voir n. 1, p. 47) ? » Suoliguzhen rit et ne répondit pas. Avait-elle le choix ? Elle vint au palais, fut mise en présence de Hailing et promptement honorée. Hailing alla au bout de ses forces [pour la satisfaire] et parvint à la dérider. Le lendemain, son mari Sansu se vit affecté à la garde de nuit. Hailing lui dit : « Votre épouse est bien jeune. Lorsque vous êtes de nuit, il ne faut pas la laisser seule à la maison ; mieux vaut lui attribuer un poste de suivante qui lui permette de dormir au palais. » Sansu verdit et ne dit mot. Lorsque Guzhen devait venir, Hailing ne pouvait s'empêcher d'aller l'attendre sous le porche. Si elle tardait trop, il finissait par s'asseoir sans façons sur les genoux de Gaoshigu. Gaoshigu lui dit : « Votre Majesté est le fils du Ciel. Vous avez des concubines à ne savoir qu'en faire, pourquoi vous agiter ainsi ? » Hailing rit : « Devenir fils du Ciel me fut chose aisée, mais obtenir un rendez-vous galant, voilà qui est précieux ! » Dès l'arrivée de Suoliguzhen, il la prenait dans ses bras, la serrait contre son cœur, se mettait en quatre, craignant seulement de ne pas réussir à en être aimé.

Mais cette même Guzhen, à peine ressortie du palais, et forte de son statut de favorite, s'abandonnait à la licence, se passait ses fantaisies, battait son mari, lequel désespérait de s'en faire obéir. Entendait-elle parler d'un mandarin distingué, d'un personnage illustre, mais surtout réputé bien membré, ferme et capable de tenir longtemps, il lui fallait à toute force le rencontrer et s'unir à lui, sans honte ni retenue. Hailing le sut et s'en irrita fort. « Vous appréciez la noblesse, dit-il; qui est plus noble que l'empereur? Vous prisez le talent; est-il talent, pour les armes et les arts, comparable au mien? Vous aimez le plaisir; en est-il de plus belle, de plus fougueuse que la mienne? » Il étouffait et bafouillait de colère. Pour toute réponse, Suoliguzhen se fit câline. De sa blanche main, elle alla quérir l'objet de chair de l'empereur, y frotta son visage, le suça, le mordit. Ne demandez pas si ledit objet frémit, s'il bondit, s'il palpita... Mais déjà elle s'est mise sur lui à califourchon, elle l'absorbe de la tête à la racine, et trotte, trotte, saute, bascule.

Voyant que Suoliguzhen paraissait satisfaite, Hailing dit pour faire la paix : « Il ne faut plus que de tels bruits courent, à ma honte. Lorsque vous lierez connaissance, à l'occasion de banquets ou ailleurs, faites ce que vous voudrez, mais faites-le discrètement. Tout le monde n'a pas besoin de le savoir. Hé! Il n'y a pas de quoi rire... — Oh! fit-elle, je souriais seulement de vos faibles capacités. » De nouveau, Hailing crut étouffer de colère et il la chassa du palais. Mais, par la suite, il la fit fréquemment revenir.

Sa cadette, Yudu, était l'épouse de Song'guci, héraut de l'empereur. L'ayant baisée, Hailing lui dit : « Votre visage n'est pas extraordinaire, mais votre corps blanc et pur, adorable, surpasse de beaucoup celui de Suoliguzhen. » Folle de rage, Yudu lui dit : « Puisque ma sœur a un si beau visage, pourquoi Votre Majesté ne réunit-elle pas son visage et mon corps pour obtenir une femme parfaite? — Je ne suis pas Yanluo (l'empereur des enfers), dit Hailing, comment opérerais-je une telle métamorphose?

— Eh bien, en ce qui la concerne, et de ce jour, répondit Yudu, votre servante n'osera plus accepter les hommages de Votre Majesté. — Je plaisantais, dit Hailing, je plaisantais. Pourquoi vous mettre dans un tel état ? » Et il lui attribua le fief de Shouyang ainsi que le rang de *guifei* à chacune de ses visites au palais.

Nei'ge servit d'intermédiaire avec Shigu, [à qui elle offrit] d'entrer avec le rang de *zhaofei*. Shigu avait épousé le général Wacihami. Ce Wacihami était un colosse d'au moins neuf pieds et doué d'une force incroyable. Il pouvait soulever un trépied (cultuel) de bronze ou arrêter la course d'un taureau. Son *yang*, particulièrement puissant, présentait lorsqu'il se déployait dans toute son extension des linéaments renflés tels de gros vers de terre, et demeurait inégalé dans l'empire. La nuit, il ne lui fallait pas moins de deux ou trois concubines, faute de quoi il suffoquait et devait lever des poids pour libérer son énergie. Ses accouplements épiques avec Shigu la laissaient épuisée, soupirante, les yeux clos, comme morte. Mais Wacihami fut malencontreusement tué au cours d'une bataille. Shigu, toujours aussi passionnée, ses désirs toujours aussi vifs, s'accointa bientôt avec un jeune homme de la suite de feu le général. Lors de leur première nuit, celle-ci le trouva bien petit, celui-ci la trouva bien large, et ils n'en tirèrent guère satisfaction[1]. Mais le bon jeune homme se procura des drogues et onguents d'amour ; et sans prétendre, certes, aux moyens de Wacihami, n'en apparut pas

---

1. Encore une citation mot pour mot de *Ruyi qun zhuan*. Cf. n. 1 et 2, p. 47.

moins ardent et ferme et en état d'œuvrer la nuit entière sans faiblir. Shigu lui dit avec un beau sourire : « Aujourd'hui, cela pouvait aller, à la rigueur. » Le compliment se sut, et pour se moquer gentiment du jeune homme, ses amis ne l'appelèrent plus que Monsieur-à-la-rigueur.

Hailing apprit que Shigu était portée sur la bagatelle ; aussi envoya-t-il Nei'ge lui faire ses offres de service. « Vous passez en luxure et lascivité tout ce qui se fait de plus remarquable à notre époque, lui dit celle-ci, mais vous vous entichez de gens sans envergure et de peu de moyens. Vous n'avez pas encore rencontré le maréchal de galanterie ; n'est-ce pas gâcher sa vie pour rien ? Notre empereur peut se flatter d'occuper une place éminente dans la hiérarchie virile. Pour votre part, vous désirez sans aucun doute toucher aux cimes de la volupté et, sous l'onde déferlante du principe féminin, engloutir la superbe mâle, submerger l'énergie *yang* ; manifester, en un mot, votre brillant savoir-faire. » Shigu rit : « Nul ne met en doute, répondit-elle, les capacités de l'empereur, mais il n'arrive pas à la cheville de mon défunt époux. En outre, son harem regorge de concubines. Pourquoi faire appel à moi ? » Nei'ge reprit sur un ton plus grave : « Il suffirait que Sa Majesté se fâchât pour que les neuf générations (l'actuelle, quatre avant, quatre après) fussent exterminées. Vous ne pouvez qu'accepter, afin d'épargner votre clan. » Pas plus que les autres, Shigu n'avait le choix ; elle vint au palais.

Avant son arrivée, Hailing avait fait préparer un joli pavillon, allumer du feu, disposer des instruments de musique… Shigu se présenta. Après les politesses d'usage, Hailing lui prit la main, la fit asseoir sur ses genoux, joua au luth un air plein de charme, et lui décerna le titre de princesse Zhaoning. Lors, il ouvrit l'album *Tongfang chunyi*, « La Chambre nuptiale[1] », et dit d'un ton enjoué : « Pour la circonstance, Nous entendons pratiquer avec vous les vingt-quatre positions dépeintes dans cet ouvrage, et vous livrer, Madame, un combat sans merci. N'avez-vous pas bien peur ? » Shigu répondit en riant : « Votre Majesté se propose-t-elle de déployer ses troupes avant l'assaut ? — En présence de l'adversaire, repartit Hailing, il ne reste qu'à livrer désespérément bataille ; sans personne en face, à quoi bon les préparatifs ? » Ayant dit, il renversa Shigu sur le lit.

En premier lieu, ils choisirent la position *Guanyin s'assoit sur le lotus*

L'un va et vient, piqué d'émulation galante
Et pourra satisfaire une passion ardente.
L'autre, animée d'espérance voluptueuse,
Ressent vive et lente la saveur amoureuse.

Shigu commençait à prendre goût au jeu. Hailing la prit alors de dos, étendue sur le côté et une jambe repliée, dans la position *Aller chercher le feu sur l'autre versant de la montagne*. Après quoi, il voulut ses seins et adopta la position de *L'agneau qui tète sa mère*. Shigu dit : « Cela commence à devenir intéressant. Poussez plus fort ! — La dynastie Han, dit Hailing, obéit à ses propres lois. Hâtons-nous avec une sage lenteur ! » Mais, emportée par le désir, Shigu ne se contrôlait plus. Elle cambrait les reins en cadence et rendait à Hailing coup pour coup. Après

1. Mentionné par van Gulik, cet album semble perdu.

quelques centaines d'allées et venues lentes et profondes, ils changèrent ; Shigu vint par-dessus, dans la position du *Phénix monté par sa femelle*, pressa sur lui sa vulve et lui donna par centaines des coups serrés et appuyés. Puis Hailing la fit asseoir face à lui dans la position *Deux fleurs poussent sur la même tige*, et lui octroya une centaine de secousses. Après quoi, il tira Shigu à lui, poitrine contre poitrine, lèvres jointes, gigote par-dessus, pousse par-dessous, dans la position *La dame se peigne devant son miroir.*

Gestes souples de danseuse que jalouse la rapide hirondelle.
Sommeil léger, façons gracieuses qui rassurent la fugitive Oriole.

Puis encore, ils s'allongèrent enlacés, Hailing glissa son *yang* dans la vulve de Shigu. « A présent, dit-il, prenons la position du *Poisson aux deux paires d'yeux.* » Constatant que le *yang* entré ne bougeait plus, Shigu dit en manière de plaisanterie : « Ce poisson m'a tout l'air du poisson desséché dans une rigole tarie [dont parle Zhuang zi, chap. VI, "Dazong shi"]. Qu'attend-il pour frétiller ? — Justement, dit Hailing, les poissons ont besoin d'eau pour vivre. Que l'eau monte seulement, vous verrez comme il sautera. » La vulve enfiévrée de Shigu ne tarda pas, en effet, à sécréter un flux débordant… « L'eau arrive, s'écria Hailing, le poisson ne devrait pas tarder à renaître. » Et avec une ardeur nouvelle, il lui porta une centaine de coups suivant la position *La carpe fend les vagues*. Ensuite, il essuya la mouillure avec une étoffe de soie, posa les mains de part et d'autre du cou de Shigu dans la position *Le dragon*

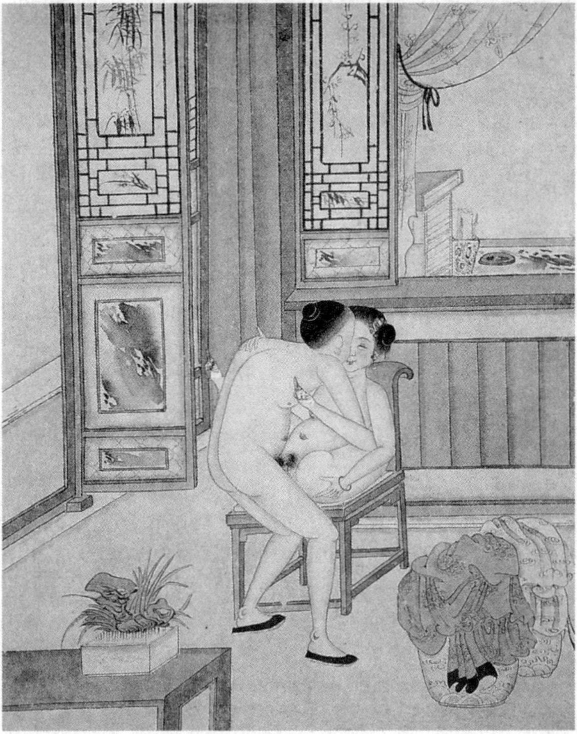

vole, le phénix danse[1] et poussa son *yang* dans le conduit tiède, avec toute la suavité et la délicatesse requises. Les vapeurs de volupté s'élèvent comme d'un chaudron fumant, le flot du plaisir s'épand en épaisses coulées. Voyez les bras et jambes à l'abandon, les corps anéantis !

Hailing se sentit alors gagné par le sommeil. Shigu se serra contre lui et dit : « On ne peut nier que Votre Majesté combatte bien. Je déplore toutefois un certain manque de vigueur… » Hailing, qui ne s'attendait à rien de tel, s'écria : « Et la machine de Wacihami, elle était comment ? — Autrement grande que celle-ci », répondit Shigu. Hailing, froissé, dit : « Vous êtes âgée, votre beauté décline ; vous devriez vous estimer heureuse que Nous ne vous dédaignions pas. Comment avez-vous le front de Nous parler de la sorte ! » Après ces paroles blessantes Shigu se retira. Le lendemain à l'aube, elle sortit du palais.

Sous le sceau du secret, elle raconta sa nuit à son petit jeune homme : « L'étreinte de l'empereur ne manque pas de maestria. Il faut reconnaître qu'il sait s'y prendre. » Le jeune homme laissa étourdiment transpirer la confidence. Ses amis lui dirent en riant : « C'est l'empereur, désormais, qu'on appellera Monsieur-à-la-rigueur. »

---

1. Tous les manuels de la chambre à coucher énumèrent, nomment et décrivent les positions ; et la plupart des romans érotiques s'arrangent pour les mentionner. Heureusement, ni le nombre ni les noms ne correspondent d'un ouvrage à l'autre, ce qui laisse tout de même une certaine marge de manœuvre. Voir, bien entendu, les irremplaçables études de van Gulik, *La Vie sexuelle dans la Chine ancienne* (déjà citée) et *Erotic Colour Prints of the Ming period.* (Cet ouvrage rare est réédité à Taiwan.)

Naicihu était fille de Puzhihacichi ; blanche et belle, qui la voyait tombait en extase. L'âge venu, elle fut mariée au gouverneur civil et militaire Zhang Ding'an. Ding'an était cousin germain de Hailing. Hailing, qui n'était pas encore empereur à l'époque, venait souvent chez Ding'an, banquetait en sa compagnie, riait et plaisantait continuellement avec Naicihu, sans que Ding'an y trouvât à redire. Or il advint que Zhang Ding'an reçut de (l'empereur) Xizong ordre de se rendre en ambassade auprès de Song.

Ne sachant quand il reviendrait, au moment de partir, il s'adressa à son cousin en ces termes : « Tout dénué de talent que je sois, je suis envoyé dans un pays lointain. Qui sait quand je reviendrai ? C'est pourquoi, mon sage frère, je vous confie toutes les affaires de ma famille en vous priant d'y veiller en mon absence. Pour vous éviter de trop fréquents déplacements, vous pourriez passer les nuits dans ma bibliothèque, qui est petite mais agréable. Ne rejetez pas ma demande. » Hailing l'assura qu'il prendrait le plus grand soin de sa maisonnée, et Ding'an partit confiant. Effectivement, après son départ, Hailing vint régulièrement se mettre à la disposition de Naicihu et débrouiller pour elle toutes affaires tant familiales qu'extérieures, pour la plus grande satisfaction des uns et des autres et sous les louanges des grands et petits.

Un jour qu'il neigeait à gros flocons, Hailing et Naicihu devisaient dans un petit pavillon au fond du jardin en buvant du vin chaud pour se réconforter. Tout en sirotant son breuvage, Hailing pensa *pourquoi pas, avec Naicihu...* et lui coula plusieurs regards langoureux. Naicihu baissait la tête sans le regarder et souriait. A quoi Hailing jugea qu'elle n'était peut-être pas insensible. Il remarqua alors que le vin avait refroidi, et voulait-elle bien demander aux servantes d'aller le remettre au bain-marie ? Lorsque les servantes furent retournées à la cuisine, et après s'être assuré qu'il ne restait personne à proximité, Hailing dit d'une voix doucereuse : « Avec cette neige, et mon beau-frère absent, à qui ma belle-sœur demande-t-elle de venir la nuit lui réchauffer les pieds ? — Hélas ! il n'y a personne, répondit Naicihu en riant, je ne puis compter que sur dame bouillotte. — Dame bouillotte, dit Hailing, n'est guère satisfaisante. Au début, quand on la glisse sous les couvertures, elle est trop chaude et au milieu de la nuit elle n'est même plus tiède. Une personne véritable qui vous réchauffe les pieds, et qui n'est ni trop chaude ni trop froide, c'est mieux. — Votre frère aîné n'est plus là, répondit Naicihu, je demeure toute seule, et même si j'ai froid, qu'y puis-je ? Il ne me reste que la bouillotte. » Entendant ces mots, Hailing sentit qu'il était sur la bonne voie. Il s'approcha de Naicihu et lui toucha l'épaule.

« Belle-sœur, dit-il, à vos pieds vous avez au moins la bouillotte, mais sur ces épaules, au cœur de la nuit glacée, qui vient remonter la couverture ? » Naicihu rit en baissant la tête et dit d'un air embarrassé : « Eh oui, que voulez-vous, la nuit ces épaules ont froid. — Chère belle-sœur, reprit Hailing, pourquoi n'appelez-vous pas une servante pour vous frotter les pieds et vous couvrir soigneusement le dos ? — Mes yeux ne supportent pas la vue de ces servantes malpropres... » Naicihu n'avait pas terminé sa réponse qu'ils virent revenir une servante portant un cruchon de vin chaud. « Le vin est enfin chaud, dit Hailing avec un petit rire, mais entre-temps les plats ont refroidi et ne sont plus très engageants, serait-ce trop demander que de les faire réchauffer un peu ? » Naicihu, qui voyait parfaitement où Hailing voulait en venir, dit à la servante d'emporter les plats qui étaient sur la table, de prendre aussi le vin, de tout mettre à chauffer et d'attendre que les viandes soient bien chaudes pour tout ramener ensemble. Mais surtout que les plats chauffent bien, qu'elles attendent tout le temps nécessaire, qu'elles ne se pressent pas, l'essentiel étant que les plats soient bouillants, que cela fume ! La servante emporta donc le vin et la nourriture. Hailing vint plus près de Naicihu et lui dit : « Assis tout seul, j'ai bien froid. Si je me mettais à côté de ma belle-sœur, je serais mieux. — Cela ne se fait pas, dit Naicihu ; nous sommes beau-frère et belle-sœur, je ne suis pas votre bonne amie pour nous asseoir épaule contre épaule. — Bien entendu, répondit Hailing, un homme et une femme assis côte à côte, même pour plaisanter, ce serait mal interprété. Mais nous sommes, vous et moi, beau-frère et belle-sœur, nous appartenons à une même famille.

En nous asseyant épaule contre épaule nous ne faisons qu'appliquer le principe *toujours plus chers, toujours plus proches*. Par ce temps de neige, vous avez froid et j'ai froid ; serrés l'un contre l'autre nous nous réchaufferons. C'est le moment ou jamais de mettre en œuvre le précepte de Mencius : *[Les contacts entre hommes et femmes sont prohibés mais] si sa belle-sœur se noie, ne pas hésiter à lui tendre une main secourable.* — Je n'ai pas étudié, répondit Naicihu, ces grands principes m'échappent, mais vous qui êtes lettré, vous ne commettriez pas un impair. Promettez-moi toutefois de vous conduire en gentleman et non à la façon d'un singe débarbouillé et chapeauté qui mettrait ses sales pattes partout comme un malhonnête. » Bien entendu, Naicihu tenait ce langage pour inciter Hailing à persévérer. Il s'assit donc contre elle et couvrit ses épaules de sa manche : « Vous frissonnez, chère belle-sœur, permettez-moi de vous protéger un peu les épaules avec ma manche. — Si j'ai froid aux épaules, dit en riant Naicihu, en quoi cela concerne-t-il mon beau-frère ? — Ne sommes-nous pas proches comme la chair et les os ? répondit Hailing. Si vous avez froid aux épaules, je souffre dans les miennes. Voilà pourquoi je dois protéger les vôtres. — Vous êtes vraiment trop bon, dit Naicihu toujours riant, mais si je suis effectivement liée à votre frère comme la chair et les os, pour ce qui est de vous, je ne vois pas la chair, je ne vois pas les os. — Vous n'y êtes pas du tout, dit Hailing riant également. Sur le point de partir, mon frère aîné ne m'a-t-il pas confié toutes les affaires de sa maison ? Si tout repose sur moi, comment soutenir que ma belle-sœur ne repose pas également sur mes épaules ? Puisque mon frère aîné en a ainsi voulu, nous sommes donc, chère belle-sœur, liés comme la chair et les os. — Voilà qui est bel et beau, répondit Naicihu, et moi je vous dis : lanlaire ! » Hailing [mû par je ne sais quelle impulsion] frotta alors son visage contre celui de Naicihu : « Ah ! belle-sœur, dit-il, comme votre joue est froide ! » Naicihu le repoussa et dit : « Beau-frère, tenez-vous mieux ! Il ne faut pas vous conduire de façon si incorrecte. »

Voyant où en étaient les affaires, Hailing se jeta aux genoux de Naicihu en s'écriant : « Belle-sœur, tournez au moins les yeux vers votre pauvre beau-frère ! » Naicihu se baissa précipitamment pour le faire se relever, et se retrouva dans ses bras. « Je ne savais pas, dit-elle en lui donnant un baiser, je ne savais pas que mon beau-frère avait le cœur si tendre. » Ainsi pressés l'un contre l'autre, ils passèrent dans la chambre voisine et le firent tout habillés.

Comment, me direz-vous, estimé lecteur, comment toute cette scène pouvait-elle se dérouler en un laps de temps si bref ? Chauffer du vin et des viandes n'est pas si long. Or, il a fallu qu'ils échangent quelques propos, qu'ils se jouent un peu la comédie, où trouver encore le temps de faire la chosette sans qu'une servante survienne et les voie ? En réalité, que s'était-il passé ? Certes, l'un et l'autre ne demandaient pas mieux. Mais Hailing ne savait pas jusqu'à quel point les principes de Naicihu ne lui feraient pas obligation d'appeler ses gens, et Naicihu, considérant la jeunesse et l'inexpérience de Hailing, craignait qu'il ne sût mener l'affaire à bien. C'est pourquoi un temps précieux fut gaspillé en préliminaires. Les servantes, pour leur part, voyant que Hailing et Naicihu n'avaient cessé d'échanger des regards langoureux, avaient plus ou moins saisi de quoi il retournait, sans oser encore en parler entre elles. Déjà, lorsque Hailing les avait envoyées chauffer le vin, elles tardèrent un peu ; mais quand, ayant apporté ce vin, Naicihu les renvoya chauffer les plats, leur ordonna de bien les réchauffer, de prendre leur temps, elles ne doutèrent plus et s'attardèrent indéfiniment à la cuisine, laissant même aux deux tourtereaux le loisir de sortir de la chambre, de regagner leurs sièges et de commencer à délibérer du moyen de passer la nuit ensemble.

« D'ordinaire, demanda Hailing, où couchent les servantes ? — Elles ont de petites chambres dans les pavillons latéraux, répondit Naicihu. Seule la petite Ahasu couche au pied de mon lit. C'est encore une gamine, elle dort si profondément que tomber du lit ne la réveillerait pas. Aucun danger qu'elle nous entende. La vraie difficulté sera de vous introduire dans ma chambre. — Ne vous souciez pas de cela, j'y ai pensé. Ayez confiance. » Hailing et Naicihu en étaient là lorsque les servantes apportèrent le vin et les plats. Ils jouèrent un moment à la mourre, aux dés, burent quelques tasses, lorsqu'on vit Hailing se dresser tout soudain et se hâter vers la bibliothèque. Il en ressortit peu après, tenant une enveloppe qu'il mit entre les mains de Naicihu. « Hier, j'ai reçu une lettre de mon frère, mais distrait par notre dînette, j'ai complètement oublié de vous en parler. Elle était à la bibliothèque, où je viens d'aller la prendre. Voulez-vous la lire et nous dire ce que mon frère nous écrit ? — Beau-frère, répondit Naicihu, vous en avez de bonnes. Je ne sais pas lire, que voulez-vous que j'y comprenne ? Lisez-la-moi. — Je ne sais s'il convient que je la lise ; peut-être pourriez-vous demander à quelqu'un d'autre… — Une lettre de votre frère ! Si ce n'est pas vous qui la lisez, qui d'autre le fera ? — Bon, dit Hailing, ne vous impatientez pas, je vais la lire. — Lisez ! lisez ! » Hailing tira donc la lettre de son enveloppe et la lut entièrement. Que contenait cette missive ?

Envoi de l'humble Zhang Ding'an à son excellent frère Yuangong.

Après un mois de voyage, je suis arrivé à Bianzhou (Kaifeng), et au bout de deux mois, à Lin'an (Hangzhou). Passons sur les difficultés de la route, le vent, le gel... A présent, j'attends les envoyés de Song pour négocier avec eux les modalités de versement du tribut, et ne prendrai qu'ensuite le chemin du retour. Toute la charge de ma famille confiée à mon sage frère, je n'y reviens pas. Mais il reste un sujet important dont j'avais omis de vous entretenir, c'est que votre belle-sœur a une grande propension à craindre les esprits. Il suffisait que je m'absente une journée pour qu'elle demeure toute la nuit assise dans un fauteuil, une lampe et une épée à portée de main, et ne s'endorme qu'au lever du jour. Depuis mon départ, je n'eus pas d'autre souci, anxieux à la pensée que ces deux mois durant votre belle-sœur n'aura pas manqué d'être assaillie par ses terreurs. Si elle tombait malade, quelle infortune ! Sans compter que brûler la chandelle toute la nuit présente de graves dangers. En cas d'incendie, le vénérable héritage de mes ancêtres serait irrémédiablement anéanti !

A force de remuer ces idées noires, n'as-tu pas, me dis-je – et que n'y avais-je songé plus tôt – un sage frère uni à toi comme la chair et les os ? Un homme d'une rigueur irréprochable qui se voue depuis sa jeunesse à l'étude et à l'observance des rites ? Voilà pourquoi, mon bon frère, je vous envoie tout spécialement cette lettre pour qu'en souvenir de nos liens affectifs vous acceptiez de faire installer dans ma chambre un lit à votre intention, de manière à rassurer quelque temps votre belle-sœur par une présence réconfortante. Ainsi aurai-je l'esprit libre pour me consacrer entièrement à ma mission. Je vous prie, très sage frère, de ne pas rejeter cette prière instante. Les modestes présents [joints à ma lettre] n'expriment que faiblement l'étendue de ma reconnaissance. Si l'occasion se présentait de quelque porteur de dépêches, répondez-moi pour me rasséréner.

La lettre lue, Naicihu se prit à rire. « Cette lettre, dit-elle, est franchement comique. Si je crains les diables, comment peut-on demander à mon beau-frère de me tenir compagnie ? C'est tout ce qu'il y a de plus incorrect. »

Vous vous en doutez bien, estimé lecteur, Zhang Ding'an n'avait jamais envoyé de lettre à Hailing. Après qu'ils eurent tiré leur coup à la sauvette, la question pour Hailing et Naicihu était de trouver le moyen de continuer à batifoler toute la nuit. C'est pourquoi Hailing s'enferma dans la bibliothèque, prit une enveloppe, forgea cette sublime lettre, à seule fin de pouvoir la lire en présence des servantes. Celles-ci, en effet, ne mirent pas un instant en doute l'authenticité du document et, rangées sur le côté, se récrièrent à l'unisson : « Dire que Son Excellence, qui est si loin, se tourmente à cause de l'effroi inspiré à Madame par les diables ! Comment Madame peut-elle prendre ses instructions à la légère ? »

Comme si elle se rangeait à leur avis, Naicihu ordonna alors aux servantes de dresser dans sa chambre un bon lit, bien garni en matelas, couvertures, oreillers et rideaux. Elle vint ensuite elle-même s'assurer que tout était disposé et arrangé à sa convenance, et prétendit qu'il fallait repousser le lit vers la gauche pour l'éloigner du sien. « On ne peut pas l'éloigner de mille lis, dirent les servantes en riant. Aussi loin qu'on le repousse, il sera encore tout près. Madame se met bien en peine. — Même s'il n'est pas éloigné de mille lis, dit Naicihu, ce sera plus convenable pour l'un comme pour l'autre. » Le lit installé à son gré, Naicihu sortit de la chambre, vint retrouver Hailing et fit servir du vin.

Après quelques coupes, Hailing ordonna de débarrasser les reliefs du petit souper et, muni d'une lampe, alla veiller en personne à la fermeture de toutes les portes, tant extérieures qu'intérieures. Ce devoir accompli, il se présenta à l'entrée de la chambre et demanda : « Ma belle-sœur dort-elle ? — Madame repose », répondirent les servantes. Alors seulement se permit-il de franchir le seuil de la pièce. Chaque servante s'en fut dormir en son réduit. Ne restait que la seule Ahasu, qui avait sa couche au pied du lit de sa maîtresse. Désireux d'éviter toute incursion intempestive durant la nuit, Hailing lui recommanda de fermer soigneusement la porte. Cette Ahasu, bien que peu âgée, était déjà fort gredine. Elle vit d'un œil froid Hailing s'étendre tout habillé sur son lit, alla fermer la porte, puis se laissa choir sur sa natte comme une qui tombe de sommeil ; et, tout en ronflant bruyamment, tendit l'oreille pour ne rien perdre des sons qui proviendraient des deux lits.

Sans soupçonner qu'Ahasu ne dormait pas, Hailing attendit encore un moment puis, avec lenteur et légèreté, levant haut le pied comme une aigrette, il descendit de son lit et se dirigea vers celui de Naicihu. Naicihu avait également patienté un moment, puis avait passé un vêtement, s'était levée, avait tâté la natte au pied du lit, palpé la tête de la jeune Ahasu, laquelle, enfouie sous sa couverture, ronflait avec conviction, s'était persuadée elle aussi que la petite dormait, et, pour l'heure, se glissait vers le lit de Hailing. Malgré la veilleuse, on n'y voyait pas au centre de la pièce ; inévitablement, ils se heurtèrent dans l'obscurité et tombèrent dans les bras l'un de l'autre. Hailing murmura : « Votre lit est le plus large, et si solide qu'on y ferait passer la procession des lions. — Oui, dit Naicihu, mais Ahasu dort juste à côté. Si vous lui marchez dessus, elle risque de découvrir le pot aux roses (les Chinois disent : l'empreinte du sabot du cheval). Allons plutôt dans le vôtre, nous y serons plus tranquilles et à l'abri des surprises. » Tendrement enlacés, ils se dirigèrent donc vers le lit de Hailing, où par cent jeux et de mille manières ils purent enfin assouvir leurs désirs. A ce moment de sa carrière, Hailing ne s'y connaissait pas encore tellement. Il découvrait et enregistrait en bon apprenti les fioritures et variations auxquelles Naicihu – une grande virtuose – se livrait sans gêne ni retenue, ayant entièrement oublié la présence d'Ahasu, qui écarquillait les yeux dans le noir.

Qui l'eût pensé, en effet ! Après que Naicihu l'eut palpée et se fut éloignée, Ahasu avait tendu le cou en direction du lit de Hailing. Mais, trouvant la lampe trop faible pour distinguer quelque chose, elle s'était approchée à pas de loup, s'était tapie à côté du lit,

d'où elle voyait suffisamment. Et que vit-elle, sinon que l'action était déjà bien engagée ?

L'un comme le papillon bat des ailes dans le vent printanier ;
L'autre telle l'abeille industrieuse accueille la rosée matinale.
L'une n'est que soupirs profonds, paroles confuses, et se désole d'avoir rencontré son beau-frère si tard.
L'autre pousse hardiment son dard dans le cœur de la fleur et se réjouit de trouver sa belle-sœur si accueillante.

Tous deux accèdent à cet état second entre la vie et la mort où un bouddha naît et l'autre est rendu au ciel, où une douce pluie humecte l'arbre de Bodhisattva, où les pétales de roses répandus embaument le paradis bouddhiste.

La quatrième veille était passée. « Belle-sœur, dit Hailing, cette servante ne va-t-elle pas s'éveiller pour faire pipi ? Vous devriez peut-être aller dans votre lit. Demain soir, nous chercherons comment nous débarrasser d'elle. — Cher beau-frère, répondit Naicihu, ne soyez pas si nerveux. Cette nigaude ne se lève pas de la nuit, même pour pisser, et n'ouvre les yeux que lorsqu'il fait grand jour. Dormons tranquillement, il sera toujours temps de retourner dans mon lit au chant du coq. » Il y eut encore quelques murmures et chuchotements, puis ils finirent par s'endormir. La jeune Ahasu, voyant qu'on ne jouait plus, se livrait de son côté à de profondes réflexions : ainsi Madame se dissipe. Et si j'ouvrais tout à coup la porte et que j'appelais les servantes, pour voir la tête quelle ferait en se réveillant ! Puis, non, se dit-elle, si j'ouvre la porte de la chambre et fais du bruit, elle se précipitera dans son lit et je n'aurai aucun moyen de prouver ce que j'avance. Tout ce que j'y gagnerai, ce sera une bonne volée... N'empêche, cette affaire-là doit être encore assez amusante. Sinon, pourquoi Madame se pendrait-elle ainsi après ce bonhomme ?... Le mieux est de retourner tout doucement dormir. Et demain soir, quand Madame ira dans ce lit-ci, j'irai, moi, me coucher dans le sien. On verra bien ce qu'elle dira lorsqu'elle m'y trouvera. Pour peu qu'elle me fasse quelque cadeau pour acheter mon silence... parfait ! à la bonne heure ! On s'en tient là. Mais si elle cherche à m'entortiller, si elle me mène en bateau, attention ! gare ! Ayant ainsi fait les questions et les réponses, tout bien pesé et bien considéré, Ahasu retourna à sa natte.

Naicihu dormit deux bonnes heures dans le lit de Hailing, puis retourna dans son propre lit et y dormit jusqu'au jour du sommeil du juste. Le lendemain soir après souper, les servantes se retirèrent, Ahasu se coucha comme à l'accoutumée, Naicihu alla sans lambiner se fourrer dans le lit de Hailing, où reprirent les amusettes. Notre Ahasu dormit un moment, puis elle se leva, se mit dans le lit de Naicihu, enfouit la tête sous les couvertures et continua sa nuit. Elle ne dormait pas depuis longtemps lorsque Naicihu, après s'être enivrée de volupté, revint vers son lit à tâtons et, touchant la natte d'Ahasu, découvrit à son vif étonnement que la petite n'y était pas. Elle n'osa pas appeler et pensa qu'il valait mieux commencer par se mettre dans son lit ; or, comme elle soulevait la couverture, elle vit que quelqu'un dormait dessous. Nouvel étonnement ! mais elle réalisa vite qu'il ne pouvait s'agir que de cette souillon d'Ahasu qui s'était réveillée – allez savoir à quelle heure ! – et trouvant le lit vide avait eu le culot de s'y coucher. De plus, s'avisa soudain Naicihu, ce que nous fabriquions ensemble, mon beau-frère et moi, cette gredine n'aura pas manqué de s'en apercevoir. Que faire à présent ? Autant la réveiller et acheter son silence par quelque présent de bijou, ainsi tout s'arrangera. Puis elle pensa encore : lui donner une parure de tête ne suffira pas à régler cette affaire. Il faut que j'appelle mon beau-frère pour qu'il lui en mette un bon coup dans le …, c'est le plus sûr moyen de lui clouer le bec. Elle s'apprêtait à réveiller Hailing, lorsqu'elle réfléchit que la gamine n'avait pas plus de onze ou douze ans. Comment son minuscule petit cas supporterait-il la grosse machine du beau-frère ? Si elle se mettait à hurler, cela gâcherait tout. Ayant pesé le pour et le contre, elle conclut qu'il ne fallait pas hésiter à se servir de tous les moyens, à faire appel au sorcier comme au docteur, et que telle était en définitive la meilleure façon de lui clore la bouche une fois pour toutes ; surtout, songea complaisamment Naicihu, surtout si cette liaison avec son beau-frère était destinée à perdurer.

Sa décision arrêtée, elle repartit vers le lit de Hailing, en prenant garde de ne pas réveiller Ahasu. « Belle-sœur, pourquoi revenez-vous ? » demanda Hailing [1]. Naicihu lui dit comment elle avait trouvé Ahasu dans son lit. « Il n'y a aucun doute, dit Hailing, cette servante sait ce qu'il y a entre nous. Toute jeune qu'elle soit, c'est une vaurienne. Comment s'en sortir ? — J'y ai pensé, dit Naicihu. Pour commencer, vous l'enfilerez convenablement ; ensuite je lui donnerai quelques bijoux. Cela devrait suffire à la

1. Qui espérait peut-être finir sa nuit en paix…

faire taire. — Avec la face de guenon qu'elle se paie, dit Hailing, je doute de parvenir à bander ! — Souvenez-vous du proverbe, rétorqua Naicihu : "En cas d'urgence, ne joue pas les gentilshommes." On dit aussi : "Qui veut la fin veut les moyens." Pour aplanir une natte qui a servi à boucher un trou dans le mur, il faut presser fort. Allons, pas tant de manières ! » Hailing se leva, et reçut de Naicihu cette dernière recommandation : « La souillon est encore pucelle. Elle n'a jamais senti *le vent et les vagues*, elle ignore le goût de la volupté. Quand vous l'enfilerez, allez-y carrément. Qu'elle ait bien mal, ainsi elle n'osera pas en parler. Ne le lui faites pas gentiment et en douceur. Il ne manquerait plus que cela lui plaise ! »

Ils emportèrent la lampe pour y voir clair et firent ensemble les quelques pas qui les séparaient du grand lit. Là, Naicihu demeura en arrière et Hailing approcha seul. Il posa la lampe sur une petite table et, glissant la main sous les couvertures, s'en vint palper le minet d'Ahasu. Cette Ahasu ne cillait pas et faisait celle qui dort. Hailing tira alors jambes et couvertures vers le bord du lit et leva le drap pour voir son petit cas. « Qui est là ? Que voulez-vous ? s'écria Ahasu en faisant son possible pour replier les jambes. — C'est moi, petite garce, dit Hailing, ne fais pas semblant de dormir. — Ah ! dit artificieusement Ahasu, c'est Sa Seigneurie ! Je ne vous avais pas reconnu. Mais pourquoi ôter la couverture ? Il fait grand froid, recouvrez-moi vite. Cela ne se fait pas d'exposer ainsi ses jambes. » [Sans l'écouter,] Hailing empoigna les jambes d'Ahasu, les serra sous ses bras de part et d'autre des reins, jeta la couverture par-dessus et lui dit : « J'ai quelque chose de bon et chaud que j'ai apporté pour toi. — Ah ! dit Ahasu, quoi donc ? — Tends ta main, je vais te le donner. » Et comme Ahasu avançait le bras le long du corps, Hailing lui mit dans la main sa pine bien raide. La pauvrette la tint un moment, mais ses petits doigts ne pouvaient seulement pas en faire le tour. Frémissante, palpitante, tressautante, Hailing la poussa brusquement au cœur de la fleur d'Ahasu, ne se souciant plus que de se forcer un chemin. Ahasu, terrifiée, hurlait : « Madame ! Vite, au secours, à l'aide ! » Naicihu s'approcha alors du lit, mais déjà, à grands coups de reins, Hailing s'était introduit à mi-longueur. Ahasu criait : « J'ai mal ! On dirait que je saigne ! Je meurs ! » Naicihu dit en riant : « En effet, cela saigne un peu, ce n'est pas une raison pour nous casser les oreilles. Sa Seigneurie va gentiment t'enfiler, et moi, demain je te donnerai une belle parure de tête. — Qu'il me laisse seulement en paix et vous fais grâce de la parure de tête ! » pleurnichait Ahasu. Naicihu dit alors à Hailing : « Beau-frère, ne la forcez pas plus. Laissez-moi d'abord m'expliquer clairement avec elle. — Que Madame n'a-t-elle parlé plus tôt ! dit Ahasu, toujours pleurnichant, Sa Seigneurie m'eût épargnée. » Hailing s'immobilisa sans abandonner son avantage, et Naicihu dit à Ahasu d'un ton sévère : « Tu es seule à avoir vu ce que Sa Seigneurie et moi avons pu faire ensemble. Les autres servantes et les gens de l'extérieur n'en savent rien. Sa Seigneurie craint que dès demain tu n'ailles tout raconter. C'est la raison pour laquelle il t'a prise. Si tu promets d'enfouir toute cette affaire au plus profond de ton cœur, de n'en rien dire à quiconque, Sa Seigneurie te pardonnera et ne te pénétrera pas plus avant ; et, bien sûr, tu auras la parure de tête. Mais si tu fais semblant d'accepter et qu'ensuite tu nous trahis, Sa Seigneurie est bien résolue à t'enfoncer son énorme machine jusqu'à la racine, à te perforer jusqu'à ce que mort s'ensuive. On te flanquera dans un cercueil, aussi simple que cela. Il n'y a jamais de poursuites judiciaires dans les cas de ce genre. — Pourvu que Sa Seigneurie m'épargne, se récria Ahasu, je ne dirai rien à personne ! Si par malheur j'en parlais, qu'il me pousse à l'instant même sur la lèvre un furoncle gros comme un bol ! — Quoi ! s'écria Hailing en riant, un si gros furoncle sur une si petite bouche ! Je ferais mieux de défoncer à mort cette menteuse. — Menteuse ! reprit Ahasu, mais il s'étend jusqu'au cou. Il m'empêche de respirer. Comment soutenir qu'il n'est pas gros comme un bol ! — Cela suffit pour aujourd'hui, assura alors Naicihu à Hailing. Si elle s'avise de clabauder, demain soir vous la percerez à mort. » Hailing se rangea à cet avis et voulut se retirer. Mais, qui l'eût pensé ? durant cette conférence, la bite était restée en place immobile, la défloration hâtive et douloureuse n'avait provoqué aucune liqueur de plaisir, le sang s'était coagulé à l'intérieur, le chas s'était resserré comme une mâchoire ! Aux efforts de Hailing pour s'extraire répondirent chez Ahasu des hurlements de porc qu'on égorge. « Ne crie pas si fort, dit Naicihu en riant. Voilà, il est ressorti, tu n'es pas morte. » Ahasu dit : « Madame et Sa Seigneurie n'ont pas arrêté pendant deux ou trois veilles, et je ne vois pas que Madame soit morte transpercée. Pourquoi faut-il que moi, petite servante, je souffre mille maux, et qu'à peine pénétrée je sois déjà à demi morte ? » Serrant de la main son chas douloureux, la pauvre Ahasu descendit du lit et retourna [tenter de] dormir sur sa natte. Mais Hailing demeurait en l'état. Il ne prit pas la peine d'ôter ses habits, se saisit de Naicihu, toute vêtue elle aussi, et lui bailla plusieurs centaines de coups. Naicihu n'avait pu regarder Hailing et Ahasu sans être envahie d'une chaleur et d'un désir irrépressibles. Hailing était aspiré, englouti ; comme tète un nourrisson, elle le tint en elle d'une succion obstinée, intime et douce, et ne l'eût lâché à aucun prix.

Etendue sur sa natte, Ahasu entendait leur remue-ménage et pensait : Madame a un con, j'en ai un tout comme elle ; pourquoi la bite de Sa Seigneurie entrant dans le con de Madame rend Madame si joyeuse, et entrant dans mon petit con à moi me fait si mal, au point que je saigne ? Qui sait s'ils ne me font pas souffrir exprès pour m'effrayer ? Mais ce soir ils ne me duperont pas. Je vais tout observer minutieusement, ainsi je saurai à quoi m'en tenir.

Mais laissons Ahasu à ses incertitudes, et revenons-en à Hailing et Naicihu qui, fatigués de leur folle nuit, dormirent d'une seule traite jusqu'au matin. Il faisait grand jour qu'ils reposaient encore. Les servantes étaient toutes levées, avaient procédé à leurs ablutions, préparaient le premier repas, et n'avaient toujours pas vu Ahasu venir chercher l'eau chaude. L'une dit : « Les nouveaux mariés se sont beaucoup dépensés. Même la nouvelle accompagnatrice apprécie la nouveauté. » L'autre dit : « Le marié est nouveau sans aucun doute mais la mariée, elle, n'est plus toute neuve ; quant à l'accompagnatrice, sans doute entre les deux. » La troisième dit : « Ils nous ont laissées tranquilles pendant deux jours. Tant mieux. Mais mettez-la en sourdine car cette affaire pourrait bien retomber sur nous. » La première reprit : « Je vais aller tout doucement écouter à la porte si j'entends quelque chose. Qui nous dit qu'ils n'ont pas été assassinés par les démons nocturnes [que Madame redoute tant] ? » Elle alla coller son oreille à l'huis, mais rien ne transpirait de la chambre close. A la fin elle perçut la voix d'Ahasu : « Madame, Votre Seigneurie, il fait grand jour, vous devriez vous lever ! » Hailing se vêtit avec une promptitude [militaire], descendit sur le marchepied du lit, regarda Ahasu et lui sourit [finement]. Ahasu lui sourit en retour. Elle ouvrit la porte, les servantes entrèrent apportant le thé, aérèrent la literie de Hailing, la rangèrent dans une panière odorante et retournèrent à leur cuisine.

Ahasu les y suivit pour prendre de l'eau. Une des servantes l'arrêta au passage : « J'ai une question à te poser ; mais dis-moi la vérité et n'essaie pas de mentir. » « Quelle question ? » demanda innocemment Ahasu. La servante : « La nuit dernière, où as-tu dormi ? » Ahasu : « Comme d'habitude, devant le lit de Madame. » La servante : « Et Madame, où a-t-elle dormi ? » Ahasu en riant : « Quelle question ! Dans son lit bien sûr. » La servante, riant aussi : « Et Sa Seigneurie, dans quel lit a-t-elle dormi ? » Ahasu, riant encore plus : « Vraiment, tu poses des questions bizarres. Madame a fait tout spécialement dresser un lit pour lui, et tu demandes où il a dormi ! » La servante : « A l'instant, j'ai replié la literie de Sa Seigneurie, les draps étaient complètement froids. J'en conclus que Sa Seigneurie n'a pas dormi dedans, c'est pourquoi je te pose la question. » Ahasu : « C'est que Sa Seigneurie s'est levée bien avant l'aube, mais n'est pas sortie pour ne pas déranger. Voilà pourquoi son lit était froid. » La servante, lui donnant une tape sur la tête : « Petite friponne ! A ton âge tu joues déjà les Hongniang et tu t'y entends pour répondre à côté. » Ahasu : « Comment, je ne dis que la vérité. Où as-tu vu que je joue les Hongniang ? » La servante : « J'ai écouté à la porte et je t'ai entendue dire "Madame, Votre Seigneurie, il fait grand jour, levez-vous !" Alors, quand tu prétends que Sa Seigneurie s'est levée avant l'aube, est-ce ou n'est-ce pas le langage d'une Hongniang ? » Pour toute réponse, Ahasu fit une révérence, empoigna son baquet d'eau chaude et sortit. Mais elle se garda bien de rapporter à sa maîtresse ce dialogue des caméristes.

Naicihu lui fit présent d'une épingle à cheveux et d'une parure de tête en argent, et lui renouvela ses recommandations. Ahasu, ravie, enchantée, serra ses bijoux à l'abri de tout regard.

A l'abri de tout regard, exception faite de Chesaige, sa sœur jurée. Auparavant, les deux servantes dormaient sur la même natte au pied du lit de Naicihu. Jusqu'au jour où… Cette Chesaige était assez jolie et pouvait avoir dans les seize ou dix-sept ans. L'année précédente, Zhang Ding'an l'avait fait venir plusieurs fois à la bibliothèque en cachette de son épouse. Dès lors, elle prit goût au déduit et venait de temps à autre agrémenter les loisirs du bon Ding'an. Celui-ci la trouvait fort à son gré et lui donnait volontiers des pièces de cuivre et d'argent qu'elle s'empressait de montrer à Ahasu, n'ayant pas de secret pour sa sœur jurée. Mais un jour, les choses se gâtèrent. Zhang Ding'an et Chesaige folichonnaient tranquillement dans la bibliothèque, d'humeur allègre, riant de tout et de rien, et ne se doutaient pas qu'entre-temps quelqu'un était venu apporter certains

présents, et que Naicihu, portant ces cadeaux dans la manche, était partie à la recherche de son époux. De loin, elle entendit des rires et des voix dans la bibliothèque. Elle approcha sans bruit de la fenêtre et découvrit le charmant tableau. Avant ce jour, elle ignorait tout de cette intrigue et n'avait donc pu en prendre ombrage ; mais, voyant ce qu'elle voyait, la colère lui envahit le cœur, la haine lui déchargea la bile, elle se précipita dans la bibliothèque, tomba sur Zhang Ding'an comme une furie, jeta à terre tous les bibelots et ustensiles qui lui tombaient sous la main, saisit Chesaige par les cheveux et la traîna dans sa chambre, où elle la battit de la tête aux pieds et de manière que les marques ne s'effacent de sitôt. Alors seulement lui adressa-t-elle la parole : « Ordure, traînée ! Comment oses-tu aller aguicher Son Excellence dans mon dos ! » Endolorie et larmoyante, Chesaige parvint à articuler : « Ce n'est pas la petite servante qui est allée aguicher Son Excellence, c'est Son Excellence qui est venue séduire la petite servante.
— Si tu ne l'as pas aguiché, dit Naicihu, comment a-t-il fait pour te séduire ? Réponds tout de suite, sinon je te cloue vivante dans un cercueil ! » A l'idée d'être enterrée vivante, Chesaige frémit d'horreur et déballa tout à sa maîtresse. « Un jour de l'an dernier, la petite servante apportait le thé de Son Excellence à la bibliothèque. Son Excellence était justement sortie et relevait sa robe pour faire de l'eau. La petite servante s'en aperçut de loin et jugea préférable d'attendre adossée à un mur. Son Excellence, voyant la petite servante qui demeurait immobile, l'appela : "Saige, que fais-tu contre ce mur ?" La petite servante baissait la tête et ne répondait pas. Son Excellence se mit à rire et dit : "Cette petite m'a tout

l'air d'une bonne catin. Ainsi, Mademoiselle faisait semblant de ne pas regarder. Attends, je vais t'apprendre à reluquer mon précieux joyau." Il tourna les talons, rentra dans la bibliothèque, baissa son pantalon et brandit son affaire toute raide dressée. La petite servante qui suivait et ne se doutait de rien entra à son tour dans la bibliothèque avec le thé. Son Excellence l'agrippa au passage et dit : "Puisque tu as de si bonnes manières, tu vas commencer par prendre mon gros bout entre tes mains fines." La petite servante, craignant d'être battue, ne pouvait que tenir à deux mains cette machine de Son Excellence. "Voilà une petite dégourdie ! dit alors Son Excellence. Maintenant tu vas me la sucer bien comme il faut." Que pouvait faire la petite servante, sinon se baisser et sucer consciencieusement ? Mais à peine la petite servante commençait-elle à suçoter l'affaire de Son Excellence que, comme un ivrogne titubant, cette tige rouge et gonflée se met à frémir, à tressauter... Son Excellence dit alors : "Chesaige, ton jour de chance est arrivé." "Ah ! dit la petite servante, quel jour de chance ?" "Toi qui es pucelle, dit Son Excellence, tu n'as encore jamais joui d'un trésor vivant. Aujourd'hui, tu as la chance d'en voir un, et je suis même déterminé à t'en faire présent." "Votre Excellence, dis-je, ne devrait pas se moquer d'une petite servante. Cette chose vous a poussé entre les jambes, comment pourriez-vous me la donner sans être obligé de la couper ?" "Folle enfant, dit Son Excellence, [réalises-tu que] cet objet est toute la vie de ta maîtresse ? Si on le coupait, elle en mourrait de chagrin." "Ce trésor vivant pousse sur le corps de Votre Excellence, dis-je, en quoi peut-il d'aucune façon constituer toute la vie de Madame ?"

“Ta maîtresse, répondit Son Excellence, passe ses nuits le visage collé contre lui. Elle s’en sert comme oreiller, l’appelle chair de son cœur, de son foie, elle le lèche de bout en bout, l’enfourne dans sa grande bouche, le suce sans trêve ni répit. Comment prétendre qu’il n’est pas toute sa vie ?” “Selon ce qu’en dit Votre Excellence, dis-je, Madame n’acceptera sûrement pas de s’en séparer pour le donner à la petite servante.” “Mets-toi sur le bord du canapé, dit Son Excellence, et ôte ton pantalon, j’ai une méthode [infaillible] pour te le donner.” La petite servante ne voulait pas, mais d’une bourrade Son Excellence me jeta sur le canapé, arracha ma ceinture, tira mon pantalon ; et ce solide et ferme, droit et raide, rond et gros, long comme cela, je veux dire son trésor vivant, il le mit entre les jambes de la petite servante. D’une seule poussée, il entra de moitié. “Votre Excellence, m’écriai-je, ce trésor vivant me perce le ventre !” Mais Son Excellence ne m’écoutait pas. D’une autre poussée, il s’enfonça jusqu’à la racine. Ah ! ses reins allaient et venaient, avançaient reculaient, en avant en arrière dans la petite fente entre mes jambes, si fort que je n’en pouvais plus. Il alla ainsi le temps de boire une tasse de thé. Alors, on eût dit que ce trésor vivant se mettait à tousser, à hoqueter… Il cracha un peu, puis Son Excellence l’ôta. “Allez, rhabille-toi vite, me dit-il, et va-t’en. N’en parle pas à tes compagnes ; et à l’occasion reviens ici, on s’amusera.” Si j’y suis retournée quelques dizaines de fois, c’est bien le tout… »

Naicihu avait écouté ce récit en passant successivement du blanc au rouge puis du rouge au blanc. « Je te demandais seulement comment Son Excellence t’avait séduite, finit-elle par exploser, ce n'était pas pour t'entendre divaguer et me mêler à tes saletés ! Ah, non ! c'en est trop ! » Et saisissant une paire de ciseaux, elle fit tomber la chevelure de la jeune fille. Après quoi, elle l'expulsa de son service personnel et l'envoya coucher avec les autres servantes, ne gardant dans sa chambre que la petite Ahasu. Ce qui n'empêcha pas Ahasu de continuer à voir Chesaige, de demeurer sa sœur jurée et en toutes choses de lui ouvrir son cœur.

Donc, ce jour-là, ayant reçu l'épingle à cheveux et la parure de tête de Naicihu, elle raconta, dans le plus grand secret, *presque* tout à Chesaige, à la vive satisfaction de cette dernière. « Il y a pas si longtemps, Madame m'a tellement battue, m'a coupé les cheveux – ils ont si mal repoussé qu'aujourd'hui encore j'ai honte de me montrer –, et voilà qu'elle en fait autant ! Eh bien, nous allons voir ! Tu vas laisser la porte ouverte pour que je me faufile dans sa chambre et que je l'humilie, que je la mette plus bas que terre. » Ahasu répondit : « Madame m'a donné l'épingle et la parure pour que je ne dise rien à personne. Si je te laissais entrer pour lui faire honte, je manquerais à mon serment le plus solennel. — Un serment ? Quel serment ? — J'ai juré de n'en parler à quiconque, et si je viole mon serment qu'il me croisse sur la lèvre un furoncle gros comme un bol. — Oh ! mais un tel serment n'a aucune valeur. De quoi te mets-tu en peine ? — Valable ou non, là n'est pas la question. Une fois pour toutes, je ne t'introduirai pas dans sa chambre. — Je commence à comprendre, dit alors Chesaige ; tu pourrais bien, toi aussi, avoir fricoté avec Sa Seigneurie. » Ahasu rougit : « Fricoté ! dit-elle. C'est ta mère qui fricotait ! — Ne le prends pas de si haut, dit Chesaige. Après tout, c'est toi qui es venue me montrer l'épingle et la parure de tête, qui m'a seriné "Madame et Sa Seigneurie par-ci, Madame et Sa Seigneurie par-là." Si maintenant tu t'obstines à ne pas tout me dire, je vais de ce pas avertir Madame que tu te répands en commérages sur son compte. Mais auparavant, je te mettrai une frottée dont tu me diras des nouvelles. Et après, ne viens pas pleurnicher que je suis méchante. » Ahasu, intimidée et déconcertée par la repartie de Chesaige, lui dit : « Chère sœur, calme-toi, je vais te dire toute la vérité. — Attention, dit Chesaige retrouvant sa bonne humeur, j'ai des yeux qui voient à mille lis, une oreille qui ne laisse rien échapper. Tes secrets les plus intimes, je les perce à jour. Inutile de mentir. Rien ne vaut la vérité ! — Ce que je ne confesserais jamais devant personne, ce que je porte au plus profond de moi, je t'en ai toujours fait part, dit Ahasu. Pourquoi monter ainsi sur tes grands chevaux ? Mais tout d'abord, chère sœur, laisse-moi te poser une question. L'an dernier, quand tu as machiné avec Son Excellence pour la première fois, tu as eu mal ou non ? — Qu'est-ce que cela peut bien te faire ? dit Chesaige. — Il faut me le dire sincèrement, dit Ahasu, tu sauras pourquoi après. » Chesaige fit alors un cercle de ses deux doigts et dit : « L'affaire de Son Excellence est grande comme cela. Et mon petit minet, que crois-tu ? quand Son Excellence l'a transpercé, il a bien fallu qu'il s'agrandisse d'autant. La première fois, bien sûr que cela fait mal. Quand leur machin entre en nous, il semble qu'on ne pourra pas le supporter. Mais la deuxième, la troisième fois, je n'avais plus mal du tout ; et ensuite, plus il me le faisait, meilleur c'était. J'en demeurais toute chose et tout alanguie. »

« C'est une drôle d'histoire, commença alors Ahasu. L'autre nuit, quand Madame et Sa Seigneurie s'enfilaient dans le lit d'appoint, plus de deux veilles durant, comme des chiens en chaleur, moi pendant ce temps-là, cachée à côté du lit, j'avais poussé le rideau et je voyais tout bien distinctement. Et je peux te dire que la machine de Sa Seigneurie est au moins aussi grosse qu'un pilon de mortier, et pour ce qui est de la longueur, elle mesure bien six à sept pouces. Quant à la chatte de Madame, je n'ai pas bien pu me rendre compte, mais, crois-moi, lorsque Sa Seigneurie lui introduisait son gros machin, elle râlait de plaisir et le serrait à l'étouffer. A force d'écouter, je n'en pouvais plus ! Bon, ensuite, je vais me coucher dans le lit de Madame. Plus tard, elle vient dormir et voit que je suis dans son lit. Elle s'en va, et rapplique aussitôt avec Sa Seigneurie. Et alors, est-ce qu'il ne me fiche pas sa grosse pine dans le minet ! Oui, de but en blanc dans mon petit minet, d'un seul coup, comme un sauvage, il le perce, il le fend. Si j'avais pu grimper au ciel, si j'avais pu m'enfoncer sous terre ! J'avais si mal que ma tête éclatait. Mille supplications ! Dix mille implorations ! Entré à mi-queue, il me dit : “Je te pardonne, mais si tu as le malheur de parler à qui que ce soit de mes affaires avec Madame, j'enfoncerai l'autre moitié, je t'enfilerai de part en part jusqu'à ce que mort s'ensuive !” Encore aujourd'hui, rien que de penser à sa grosse machine, j'en ai froid dans le dos et tous les poils qui se hérissent. Non, j'ai beau chercher, je ne vois pas ce qu'il y a de bien là-dedans. »

« Pauvre chérie, dit Chesaige, tu n'as vraiment pas de chance. A t'en croire, la queue de Sa Seigneurie est autrement grosse que celle de Son Excellence, et autrement longue. Pour n'importe quelle femme, la jouissance d'une telle queue serait la gratification d'une vie entière. Tout ce qu'elles auraient pu connaître auparavant paraîtrait dérisoire, et plutôt que d'être privées de cette grandissime bite, elles préféreraient encore être veuves. Et toi, au lieu de te réjouir, tu trembles de peur à la perspective d'être transpercée de part en part ! Alors, ouvre grand tes oreilles, écoute de tous côtés, salue poliment tous ceux que tu rencontreras et demande-leur s'ils ont jamais ouï dire qu'une seule femme au monde soit morte d'avoir été foutue. Ne manque pas non plus de leur demander s'ils ont jamais rencontré une gourde comme toi. — Mais à t'entendre parler, dit en riant Ahasu, on voit bien que toi non plus tu ne serais pas fâchée de t'en faire mettre un petit coup par cette belle bite de Sa Seigneurie. Toutefois, je doute que Madame y consente. — Ah ! répondit Chesaige, la gentille petite sœur qui amène son mari à sa grande sœur nécessiteuse. Quelle belle marque d'amour sororal ! — En effet, dit Ahasu, j'ai un excellent plan pour te l'amener, mais je ne te le dévoilerai pas. — Dis-le-moi tout de suite, et qu'il soit bon, sinon je te flanque une beigne ! — Si c'est ainsi que tu le demandes, tu peux toujours courir pour que je te le dise. » Chesaige se leva et salua Ahasu respectueusement : « Voilà, la cadette joue les aînées et reçoit les hommages de sa grande sœur. Tu es satisfaite ? » Ahasu rit : « Sois sans crainte d'ici un an, ou peut-être deux, je t'expliquerai mon plan. — Pff ! fit Chesaige, si cela t'amuse de me faire marcher, tu peux le garder ton plan. J'ai moi-même plus d'un tour dans mon sac. [Mademoiselle] Zhou Yu les Trois-Colères, [je suis Zhuge Liang et] je ne crains pas que vous reteniez l'otage et les soldats[1]. » Ahasu se leva à son tour et fit mine de partir. Chesaige la retint au passage : « Allons, ne le prends pas mal. Selon la sagesse des nations, même le plus bête peut avoir une bonne idée. Parle, je t'écoute. » Ahasu lui dit alors à l'oreille : « Ces jours-ci, n'y compte pas ; dans cinq à sept jours, quand mon minet ne sera plus douloureux, je trouverai le moyen de te faire apprécier les talents de Sa Seigneurie. Prenons seulement garde de ne pas nous attirer les foudres de Madame, et ton jour de chance viendra aussi. » Sur quoi, chacune s'en fut vaquer à ses occupations.

Le soir venu, Hailing vint de nouveau dormir dans la chambre de Naicihu. Après avoir fermé les portes, Ahasu avait déroulé sa natte et s'était couchée. Elle vit Naicihu et Hailing se diriger vers le lit, unis en un long baiser. Elle les vit folâtrer au bord du lit, puis se déshabiller, s'étendre sur la couverture et ne plus faire qu'un pour le reste de la nuit. Parfois, Naicihu, transportée de bonheur, semblait perdre les sens, tomber en pâmoison. « Ah ! s'écria-t-elle dans un élan de ferveur, vous n'êtes plus mon beau-frère, vous êtes mon époux, mon seigneur et maître adoré. Je ne veux plus de Zhang Ding'an, ce minable. Je ne suis plus votre belle-sœur mais votre épouse prédestinée. Nous avons noué nos cheveux en une vie antérieure. Pourtant, que nous réserve l'avenir ?

---

1. Episode des Trois Royaumes. Le général Zhou Yu conseille à Sun Quan, roi de Wu, de donner sa sœur en mariage à Liu Bei, roi de Shu, espérant de cette manière le retenir en otage ainsi que ses troupes. Mais Zhuge Liang, fidèle conseiller de Liu Bei, tout en favorisant le mariage, réussit à déjouer la manœuvre. C'est une des trois circonstances où Zhuge Liang jouera plus fin que Zhou Yu, d'où ce surnom de Zhou Yu les Trois-Colères.

Pourrons-nous vieillir ensemble ?... — Je vous le garantis, assura Hailing [la main sur le cœur], chassez cette préoccupation de votre esprit. »

Au fil des jours, leur passion se renforçait, leur flamme se faisait plus ardente. « Nos matins, disait Naicihu, sont comme le festin du Manger-Froid. — Nos soirs, répondait Hailing, sont comme la nuit de la Première-Pleine-Lune [1] — Le vierge, le vivace et le bel aujourd'hui, reprenait Naicihu, va-t-il nous emporter avec un coup d'aile ivre... »

Aucune des servantes qui ne sût désormais à quoi s'en tenir, mais comme Zhang Ding'an n'était toujours pas revenu, elles se tenaient coites en présence de leur maîtresse. Naicihu, de son côté, se sachant répréhensible, faisait la bête et la sourde et évitait de se montrer trop exigeante, de sorte que tout allait pour le mieux [dans le meilleur des gynécées possibles]. Inutile d'en dire davantage et revenons-en à Ahasu qui, remise de ses émotions et son minet parfaitement rétabli, assistait nuit après nuit au manège de Naicihu et de Hailing, et sentait son cœur ardre et le reste à l'avenant. Néanmoins, la vue de la longue queue de Hailing ne laissait pas de l'inquiéter, et, quoique Chesaige dans son impatience de jouter avec Hailing la relançât à tout moment, elle continuait à marquer quelque réticence. Mais un jour que Naicihu, souffrante, était restée couchée, elle se décida.

A l'insu des autres servantes, elle se glissa avec Chesaige du côté de la bibliothèque, dans le ferme

1. Veille du Qingming, où l'on nettoie les tombes des défunts, vers le 5 avril. Le matin de ce jour de Manger-Froid, on fait un bon repas. La nuit de la Première-Pleine-Lune est la fête des Lanternes.

dessein de s'offrir le seigneur Hailing. Par bonheur, tout était calme, aucun importun ne traînait aux alentours. Ahasu ferma toutes les issues à clé, tandis que Chesaige se promenait parmi les plates-bandes, affectant d'admirer les fleurs. Ahasu entra bravement dans la bibliothèque : « Votre Seigneurie ne s'ennuie-t-elle pas ici toute seule ? A tout hasard, j'ai amené quelqu'un pour vous tenir compagnie. — Alors, petite, répondit Hailing en riant, on n'est donc pas morte transpercée ? Pour venir ainsi me retrouver la bouche en cœur, il faut que tu n'aies plus peur de moi. » Ahasu s'approcha et lui dit à l'oreille : « C'est la vérité, j'ai amené Chesaige pour passer un moment avec vous. » En fait, parmi les servantes de la maison, hormis Ahasu encore bien jeune, il n'y avait de vraiment mignonne que Chesaige. Hailing avait déjà tourné autour, mais l'occasion ne s'était pas présentée d'y mettre la patte. Apprenant qu'Ahasu la lui livrait [sur un plateau d'argent], il se leva d'un bond : « Tu l'as amenée ? Où est-elle ? — Devant le parterre de fleurs. J'ai fermé toutes les portes, qu'attendez-vous pour aller la cueillir ? » Hailing sortit dans le jardin, saisit la main de Chesaige. Celle-ci faisait la timide et ne voulait pas avancer, mais Hailing la prit par les épaules et l'expédia à l'intérieur de la bibliothèque. [La porte à peine refermée,] il lui ôta son pantalon et se disposa à l'enfiler *hic et nunc*. Il s'attendait à la trouver pucelle et fut bien surpris d'entrer jusqu'à la garde à la première poussée, sans que la ravissante manifestât aucune douleur. « Qui a eu ton premier sang ? » lui demanda-t-il, vexé. Ahasu répondit à sa place : « Que croyez-vous ? Elle ne vous a pas attendu pour s'envoyer en l'air avec le maître de maison ! » La révélation causa à Hailing un vif désappointement, à l'inverse de Chesaige qui, de sentir la bite de Hailing épouser étroitement son petit conduit et atteindre le cœur de sa fleur, était toute contente. Hailing lui avait baillé cent et quelques coups lorsqu'il remarqua qu'Ahasu s'était approchée pour mieux voir. Il tendit la main et vint frôler son petit cas. « L'autre jour, lui dit-il, de crainte de te faire mal, je n'étais entré qu'à moitié. Or, voici le moment ou jamais d'ôter toi aussi ton pantalon. Je te mettrai l'autre moitié et je vous le ferai à toutes les deux en même temps. » Ahasu, qui n'attendait que cela, fit tomber son pantalon et prit place dans un fauteuil-de-grand-père-ivre, les reins cambrés. Hailing retira sa queue du chas de Chesaige et, pftt, encore tout humide et glissante, l'introduisit dans celui d'Ahasu. Ainsi, la première moitié entra-t-elle aisément et sans qu'Ahasu manifestât d'appréhension. Allons-y pour la deuxième moitié, se dit Hailing ; et d'une bonne vieille poussée, il entra jusqu'à la racine. Ahasu se rétracta dans son fauteuil en gémissant : « Non, en définitive, tenez-vous-en à ma sœur aînée Sai. Pour moi, c'est un trop gros morceau. » Mais Hailing restait sourd à ses plaintes, poussait des reins et poursuivait ses allées et venues. Après quelques dizaines de coups, cependant, il s'intéressa de nouveau à Chesaige. Cette Chesaige goûtait un plaisir sans mélange et produisait des râles lents et profonds, pareils aux hurlements du vent dans la montagne, qui suscitaient l'hilarité de sa cadette. Hailing la besogna encore un long moment et laissa enfin jaillir sa semence. Nos sœurs jurées se rajustèrent, sortirent prudemment et s'en furent. De manière à endormir la vigilance de Naicihu, Hailing ne parla plus de percer Ahasu de part en part. Naicihu y vit la marque de la jeunesse et une certaine naïveté, et s'imagina être le seul objet de ses pensées. Ainsi chacun servit à l'autre une soupe de menteries.

Sur ces entrefaites, Xizong muta Hailing dans l'armée du prince Liang (*comme nous l'avons vu au début de ce récit)*. Hailing dut prendre congé de la belle Naicihu et partit sans savoir s'il la reverrait jamais. Mais lorsqu'il eut usurpé le trône, il ne tarda pas à l'appeler au palais, lui conférant à chaque visite le rang enviable de *roufei* (princesse gracieuse).

Haute dame Pilei était seule, son époux quelque part au loin. Hailing résolut de l'honorer [1]. Il lui conféra une distinction et l'appela au palais. Mais là, il fut désagréablement surpris de la trouver grosse. [Sans se laisser démonter,] Hailing ordonna à ses gens de préparer une décoction d'essence de musc. Il la lui administra lui-même et comprima vigoureusement le ventre de la malheureuse. Pilei craignit pour sa vie ; elle le supplia d'arrêter et lui garantit que s'il laissait naître l'enfant, elle l'abandonnerait pour se consacrer au service de l'empereur. « Si je vous laisse accoucher, répondit Hailing, votre *yin* s'élargira et ne me conviendra plus. » Il continua de la triturer jusqu'à ce qu'elle avorte.

Peu de jours après, il l'honora. Elle était mal remise et saignait de façon peu engageante. Le *yang* de Hailing ressortit souillé. Hailing s'en amusa et rima sur-le-champ :

---

1. Auparavant, Hailing baisait les femmes (ou toute autre expression, tellement difficile à formuler courtoisement), mais dès l'instant où il devient empereur, il les « honore ».

Oh! la belle courge, toute brillante et lisse!
Soudain dans une eau rouge la plante se glisse.
Vit-on jamais sortir une courge si rouge?
Faut-il que plus jamais on ne plante de courge?

Pilei rit et improvisa à son tour :

Un petit fossé pas plus profond que cela.
Silure tourne et vire, à l'aise s'y ébat.
Qui l'eût cru que la fosse alors déborderait;
Et qu'en poisson rouge tout droit se changerait?

Hailing reprit ainsi :

Sous la noire forêt s'écoule une onde claire.
Les pétales de fleur volent sur la rivière.
Maints poissons y gobent les pistils printaniers.
Sur la noire forêt s'élève une nuée.

A quoi Pilei repartit aussitôt :

Au seuil du vieux temple un moine s'en est venu,
Tout de pourpre vêtu, l'épaule à demi nue.
A la voie de Bodhi ce jour renoncera.
Aux portes sous la lune ainsi ne frappera[1].

« Vraiment! s'esclaffa Hailing, on peut dire que vous êtes douée pour les stances parallèles! »

Chacha, fille de Pucha'ahudie, était née de la princesse Qingyi, sœur de Hailing, et fut élevée à la cour de Zong'gan, prince de Liao. L'âge venu, elle épousa Teli, frère cadet de Bingde. Lors de l'exécution

1. Allusion à un poème de Jia Dao (779-843) des Tang. Au clair de lune, un religieux frappe à une porte. Mais ce vers destiné à exprimer le calme de la nuit a pris le sens ironique d'un moine en quête de bonne fortune.

de Bingde, Chacha se trouva impliquée ; mais l'impératrice intervint auprès de Hailing par l'intermédiaire de Wutong (une suivante ?) et Chacha échappa à la mort.

Hailing se proposait de la prendre dans son harem et en avisa l'impératrice. Celle-ci lui dit : « A la naissance de cette enfant, l'empereur en personne nous l'a amenée et l'a confiée à notre famille. Nous l'avons élevée jusqu'à l'âge adulte. Votre Majesté est son oncle maternel, presque son père. Comment pouvez-vous ne fût-ce qu'envisager un acte aussi contraire aux rites ? » Hailing céda aux objections de l'impératrice et renonça.

Chacha était de ces natures dissolues et portées à la luxure qui ne restent pas enfermées dans leur demeure. Elle coucha avec Wanyanshoucheng. On eût difficilement trouvé garçon plus charmant que Shoucheng, de son nom d'origine Elishu ; jeune, beau, le teint clair, et doté d'un outil de chair honorablement gros et fort. Chacha l'aimait à la folie. L'impératrice apprit leur liaison ; aussi la remaria-t-on à Yibuni, fils d'Andahai, appartenant à la famille impériale. Cet Yibuni ne la satisfit pas. Chacha se querellait sans cesse avec lui. Hailing n'en comprenait pas la cause et leur fit plusieurs réprimandes. Finalement, Yibuni répudia son épouse. Hailing en revint à sa première idée et la fit entrer au palais à l'insu de l'impératrice, du moins au début. Chacha n'avait pas oublié Shoucheng. La mélancolie assombrissait son front. Contrainte de servir Hailing, elle s'efforçait de lui faire bon visage, mais dans son dos s'abandonnait au désespoir. Hailing en fut informé par ses espions. Il se mit en colère. « L'empereur ne vaut donc pas Wanyanshoucheng ! » hurla-t-il. Il le

fit exécuter et voulait également faire périr Chacha. L'impératrice s'interposa une nouvelle fois et obtint sa libération et son départ du palais. Mais bientôt un(e) esclave de la maison de Chacha rapporta qu'elle ne se consolait pas de la mort de Shoucheng et se répandait jour et nuit en injures et propos séditieux. Hailing se déplaça en personne et lui dit froidement : « Vous m'en voulez à cause de la mort de Shoucheng. Vous vous affligez d'être séparée de lui. Eh bien, soyez satisfaite, vous le verrez dès aujourd'hui ! » Il la tua et fit disperser ses restes.

Pusuwan, épouse d'Alihu, grand intendant du clan impérial, était sœur cadette de la *yuanfei* (première concubine, *son nom n'est pas précisé*).

Fort jolie,
Une renaissance de la belle, de l'ensorceleuse zhaoyi [1] *;*
Une réincarnation de la gracieuse, de la fascinante Feiyan.

Etant venue rendre visite à sa sœur, la *yuanfei*, Hailing la retint au palais et, le soir venu, voulut la contraindre à participer à un banquet. Pusuwan déclina l'invite avec fermeté, se retira derrière les rideaux (de lit) de sa sœur, s'enveloppa étroitement dans ses vêtements, et demeura éveillée et vigilante pour déjouer une éventuelle atteinte à son honneur. Et inévitablement, à l'heure incertaine où à la tour roule le tambour, où dans les camps sonne la trompe, où la mèche des lampes à huile vacille, où l'esprit relâche sa garde, Hailing apparut, l'enlaça et la

1. Autrement dit Hede, sœur de Feiyan, cf. n. 1, p. 80 ; Feiyan était impératrice et Hede *zhaoyi* (dame de clarté).

convia au plaisir. Pusuwan repoussant toutes ses incitations, il ne douta pas de l'avoir de force. Il la saisit, elle se débattait, la lutte sourde dura plus d'une veille. Mais Hailing ne pouvait qu'avoir le dessus. Il arracha ses ceintures, ses vêtements... Pusuwan, épuisée et pantelante, ne parvenait plus à s'opposer aux mains inquisitrices de Hailing. Le papillon s'était posé sur la fleur et insérait sa trompe. Mais Pusuwan réussit encore à se dérober. Hailing, rugissant comme le tonnerre, comme un jeune tigre, brandissant un poignard, ameuta toutes les concubines, à commencer par la *yuanfei*, et leur ordonna de tenir la jeune femme. Pour le coup, seule contre tous et impuissante devant la force, tenue aux mains et aux pieds par la *yuanfei* et les autres, dépouillée de ses vêtements, elle apparut dans son éclatante nudité.

Nu, mais de quelle nudité, parut son corps !
Blanches, mais de quelle blancheur, ses hanches !
De quelle honte honteuse, mit-elle les mains sur ses yeux !
Fort fort serrées, comme elle serrait les jambes !

A la vue de sa vulve,

Blanche, délicieusement bombée, le mont fier et haut ;
Noire, duveteuse, la toison finement dessinée ;
Pourpre et voluptueuse, la fente enfin exposée ;
Humide, fondante, telle s'écoule la bave de l'escargot.

A cette vue, mes amis, Hailing, le cœur fou, l'esprit égaré, le corps déchaîné, les mains frénétiques, enfouit ce que vous savez dans la féminine porte de Pusuwan. Sous l'outrage, la gracieuse Pusuwan, suffoquant d'indignation, hors d'état de prendre le ciel à témoin devant l'iniquité qu'elle subissait les yeux clos, les mains étendues le long du corps, soumise aux vexations, aux humiliations de Hailing, supportait ses allées et venues effrénées avec l'inertie d'une morte.

Hailing avait d'abord donné libre cours à sa luxure, à son désir, mais quand il réalisa que Pusuwan ne réagissait aucunement, il se dégoûta soudain, ne trouva plus d'agrément au jeu. Il la releva et voulut la forcer à l'embrasser en collant ses lèvres aux siennes, mais il craignit qu'elle ne le morde et n'osa pas introduire sa langue. De toutes les manières, Pusuwan ne lui prêtait aucune attention et semblait comme inconsciente. L'appétence le quitta.

La *yuanfei* adressa alors doucement la parole à Pusuwan. « Chère sœur, dit-elle, je ne te reconnais pas, qu'est devenue ta joie de vivre ? — Et toi, répondit Pusuwan, serais-tu devenue inaccessible à tout sentiment de dignité ? Lorsque leur père l'empereur Yao (période mythique, 2356 à 2255) les donna toutes deux en mariage au prince héritier Shun (2255 à 2205), E'huang et Nü'ying étaient encore jeunes filles. Mais moi, j'ai déjà un mari. Si nous partagions le tien, comment ne serais-je pas moquée ? Et tu n'échapperais pas non plus au ridicule. — Les choses ici en sont à un point où je n'ai plus la maîtrise de mon destin, répondit la *yuanfei*. "Il faut savoir hurler avec les loups", dit le proverbe. Qui se soucie encore du ridicule ! — Chère sœur, reprit Pusuwan, voilà de belles paroles, mais des paroles bien vaines. Aucune dynastie n'est éternelle. Aucun souverain ne règne mille ans. Si c'était toi qui eusses subi un tel outrage, n'aurais-tu pas le cœur brisé ? » La *yuanfei*, profondément affectée, ne trouva rien à répondre.

La nuit passa ; dès l'aube, Pusuwan sortit du palais. Elle ne revint plus à la cour. Hailing tenta vainement de l'attirer sous divers prétextes. Elle s'excusait, elle était malade ; et Hailing n'y pouvait rien. « Je ne verrai plus jamais ma sœur, dit-elle. Nous nous retrouverons après notre mort. »

Zhang Zhongke était dans sa jeunesse un vagabond qui traînait sur la place du marché et gagnait sa vie en faisant le conteur, le pitre, le saltimbanque. Il pouvait se lécher le nez avec sa langue, qu'il avait agile et pointue. Hailing l'emmenait souvent dans sa suite en qualité de bouffon. Lorsqu'il monta sur le trône, il en fit un dignitaire du grand secrétariat et lui octroya un poste au palais.

Zhongke s'adapta très bien à sa nouvelle situation, et put se livrer sans honte ni retenue à son penchant pour la bassesse et la trivialité. Lorsque Hailing jouait aux nuages et à la pluie avec ses dames, il faisait ouvrir les rideaux et Zhongke leur susurrait des cochonneries pour les exciter davantage. A l'occasion, Hailing lui faisait courber le dos pour servir de coussin aux reins des concubines. Zhongke était également chargé de préparer des aphrodisiaques et devait lui-même en enduire le *yang* de qui de droit. [Un jeu consistait à] aligner les concubines nues à droite et à gauche. Hailing tout aussi nu se tenait au milieu et Zhongke le tirait par une ficelle attachée à son *yang*. En cet équipage, ils défilaient entre les concubines ; celle devant qui Zhongke s'arrêtait à l'improviste y avait droit, tandis que Zhongke poussait Hailing par-derrière pour seconder ses efforts ; et il n'eût pas fallu qu'il fît semblant.

Le *yin* de chaque concubine, sa forme, sa couleur, lui était parfaitement connu. Lorsqu'elles s'alignaient face à face, nues, qu'elles râlaient de jouissance, la bouche ouverte, les yeux révulsés, que de leur fente ruisselait la liqueur de volupté, Zhongke était présent et voyait tout. Les yeux brillants, la jambe fébrile, le corps comme piqué par des moustiques, comme fouetté par le vent, et sa semence *yang* s'épandait d'elle-même. Il avait demandé en secret aux concubines si elles appréciaient ces carrousels où l'empereur passait allégrement de l'une à l'autre. « Pas du tout, répondit l'une d'elles en riant, ce qui nous plaît c'est de livrer bataille longuement et une bonne fois pour toutes. »

Il y avait [parmi les femmes] une enfant de sept ans, délicate, mignonne et d'esprit vif. Hailing l'aimait beaucoup, et lorsqu'il baisait ses concubines, désignant la fillette, il disait à Zhongke : « Cette enfant est trop fragile, elle ne supporterait pas ma sublime puissance. J'attendrai le temps nécessaire, car je ne voudrais pas la voir souffrir. » [Et subjugué par tant de magnanimité,] Zhongke s'écriait : « *Wan sui !* » (Dix mille ans !) Un jour, Hailing s'étant enivré dormait étendu sur un banc ; Zhongke se reposait un peu plus loin sous l'auvent de la galerie. La jeune enfant, craignant que Hailing ne prenne froid, lui couvrit les épaules, ce qui eut pour effet de le tirer de sa torpeur. La vue obscurcie par l'ivresse, il saisit la fillette, attira sa main et lui fit toucher son *yang* : « Pourrais-tu supporter cela ? » La fillette avait bien trop peur pour répondre. Mais Hailing, entraîné par sa lubricité coutumière et oublieux de la frêle constitution de l'enfant, la colla à lui et la pénétra. Les cris et les pleurs de la petite, hors d'état bien entendu de subir un tel traitement, ramenèrent Hailing à la raison. Il retira vivement son *yang*, qui n'en était pas moins entré de moitié. Le *yin* déchiré saignait dangereusement. Hailing appela Zhongke et, feignant l'inquiétude, lui ordonna de lécher le sang de la fillette. Zhongke ne le voulut pour rien au monde, demandait plutôt la mort et détournait les yeux. Hailing essaya deux, trois fois de l'y contraindre, jusqu'à ce que la petite fille, honteuse, se leva et sortit.

[Une autre fois,] Hailing dit à Zhongke : « Tu portes barbe et moustache, tu n'es pas sans posséder un *yang*. A me voir batifoler matin et soir avec mes concubines, est-ce que ton *yang* se dresse ? Déshabille-toi, que je me rende compte. — La dignité de Votre Majesté, comme le respect des appartements des femmes, interdisent strictement à votre humble serviteur d'exposer ainsi son corps, répondit Zhongke. — Eh bien, Ma Majesté exige de voir ton *yang*. La faute ne t'en incombera pas ; tu ne seras pas puni. » Zhongke eut beau se prosterner et supplier, Hailing ne céda pas et appela les eunuques pour le dévêtir. Le *yang* parut, mais Zhongke se courbait, se traînait à terre et se cachait le ventre des deux mains. Hailing ordonna alors aux eunuques de l'attacher et de l'allonger sur un banc. Ce *yang* de Zhongke se dressait tout raide ; seulement, tant en grosseur qu'en longueur, il mesurait à peine les deux tiers de celui de Hailing. Les concubines, en le voyant, s'étaient mis la main devant la bouche et riaient. « Ne riez pas, mesdames, dit Hailing. Tel que vous le voyez, cet appareil appliqué à une vierge serait fort capable de l'endolorir. » Les concubines rirent de plus belle. Puis, comme la rigidité de Zhongke s'amoindrissait, on ôta ses liens.

Hailing décréta que les mandarins se rassembleraient en telle salle du palais, que chacun montrerait ce qu'on cache et qu'on comparerait. Les grandes se rangeaient dans la première catégorie, recevaient en récompense une fille dont on était las au palais et se voyaient conférer la tablette de marquis *yang*. Les moyennes appartenaient à la seconde catégorie, étaient récompensées par (la valeur de ?) cent lingots en papier-monnaie et obtenaient la tablette de comte *yang*. Celles qui n'atteignaient pas la seconde catégorie n'entraient pas en ligne de compte. Hormis les affaires d'Etat, les grandes cérémonies, les assemblées officielles, quiconque entrait dans le palais intérieur ou participait à un banquet sans façon était considéré non selon ses rang et titre mais en fonction de sa tablette. Et de rire ! Le premier ministre Tudan'zhen lui-même ne put s'y soustraire. Entre cent personnes, il s'en trouvait peut-être une qui pût traiter Hailing de pair à compagnon, et à peine deux pour être avec lui sur le pied de père à oncle. Mais qui fût capable d'écraser Hailing de sa supériorité, pas une seule. Le peuple en fit des épigrammes :

Pour un poste à la cour on exige un gros yang *;*
Ils donnent le sujet et notent l'examen ;
Lettré et compétent, tout ça ne sert à rien ;
Il suffit d'en avoir un gros qui fait bang ! bang !

La chansonnette vint aux oreilles de Hailing, mais il n'en avait cure, et ne se souciait que de plaisir et de débauche. Sans parler de ses propres concubines, les épouses de mandarins et de gens du commun que Hailing avait honorées étaient enregistrées en tant que femmes du harem. Oui, même celles qui étaient en pouvoir de mari devaient se rendre au palais par intervalles et subir sa luxure. Mais ce régime ne suffit pas à Hailing. Les avoir à tour de rôle ne le satisfaisait plus ; il voulut pouvoir jouir d'elles à sa guise. [Qu'à cela ne tienne,] il expédia les maris dans la province du Nord et retint les femmes au palais.

Lorsqu'il se disposait à les honorer, on écartait les rideaux du lit. Les musiciens de la cour s'avançaient et jouaient. Quand il avait fini, la musique s'arrêtait. Honorait-il de nouveau, la musique reprenait. Quitte à honorer, il lui en fallait toujours plusieurs à la fois, mais il ne s'intéressait qu'à son propre plaisir, de sorte qu'aucune concubine n'était satisfaite et que toutes se plaignaient. S'il honorait des vierges, il ne se souciait, là encore, que de son plaisir personnel. Il les prenait sauvagement, indifférent à leurs blessures et à leur souffrance. Celle qui ne se soumettait pas à sa convoitise était étroitement immobilisée par les concubines. De sa propre main, la *yuanfei* positionnait le *yang*. Il forçait son passage sans aucun égard et ne recherchait, une fois de plus, que sa seule jouissance.

Une de ses distractions favorites consistait à pousser [les courtisans] à faire des imitations. *(De quel genre ? Le texte ne précise pas.)* Ou encore, lorsqu'il était à table avec ses concubines, il jetait quelque chose à terre. Ceux qui se trouvaient à proximité devaient se précipiter pour ramasser l'objet. Qui regardait ailleurs était mis à mort. Les hommes en service auprès des concubines devaient impérativement garder les yeux baissés. Qui levait la tête était aveuglé. Il interdit de se déplacer dans le palais tout seul. Il fallait aller par quatre. Des gardes armés y veillaient. Quiconque circulait en dehors des voies tracées était décapité. Quiconque se trouvait encore à l'extérieur après le coucher du soleil périssait. Le délateur recevait un million de sapèques. Si hommes et femmes se frôlaient involontairement en se croisant, le premier à se dénoncer recevait une distinction du troisième rang, l'autre était exécuté. Si les deux se dénonçaient simultanément, ils étaient épargnés.

Un certain Liang Chong, auparavant esclave de la famille Dayu, entra au palais à la suite de la *yuanfei* et fut castré pour devenir serviteur de Hailing. Ce Chong était de nature obséquieuse et savait flatter les désirs de ses supérieurs. Hailing le tenait en particulière estime, lui accordait sa confiance et se fiait à ses avis. Chong lui procurait des drogues d'immortalité, recherchait des aphrodisiaques rares et les préparait à son intention. Hailing s'empressait de les essayer : ils paraissaient efficaces, ce qui ne faisait qu'accroître son délire érotique.

Entre les concubines du palais et les dames de l'extérieur, son harem comprenait près de dix mille personnes. Pourtant, il désespérait de trouver une beauté unique au monde qui satisfît son cœur insatiable. Chong lui assura que la *guifei* Liu [appartenant à la cour] des Song était cette créature unique, cette beauté à renverser les royaumes. « Ah ! dit Hailing, saurais-tu bien me la décrire ? — Certes, dit Chong :

Des cheveux lisses et noirs, la taille gracieuse ;
Un corps qui l'emporte sur la blancheur neigeuse ;
Un visage qui passe la beauté des fleurs ;
Allure enchanteresse, gestes aériens ;
Son accueil avenant fascine tous les cœurs
Et chanteuse et danseuse, esprit hors du commun.

Connaissez-vous, dit-il encore, cette romance ?

Au pays du Sud, il est une jolie femme,
Unique au monde et sans pareille.
D'un regard, elle renverse les murailles,
D'un autre regard, elle détruit les royaumes.
Il se peut qu'elle détruise les Etats et renverse les forts,
Mais trouver femme si belle exige quelque effort[1].

— Bravo ! » s'écria Hailing, enchanté de la description. Il résolut aussitôt de marcher contre le Sud.

Avant son départ, il ordonna à la *xianqun* (titre de fonctionnaire féminin) Gaoshigu de préparer [les présents qu'il se proposait d'offrir à Liu *guifei*].

Une tente de soie rouge, un lit orné fait de pierre légère, des oreillers décorés de cailles, des draps n'absorbant pas la poussière, une couverture de brocart miraculeux, un rideau turquoise, des serviettes de Corée. La tente était légère, aérée et fine ; elle paraissait transparente, mais l'hiver le plus rude, le vent le plus froid ne la traversaient pas ; la canicule la trouvait fraîche et assurant sa propre ventilation ; sa couleur diaphane ne laissait pas deviner qu'il s'agissait d'une tente, c'était une sorte de soie miraculeuse. Le lit, orné de broderies et dont la structure était faite d'une pierre particulièrement légère, avait

1. C'est un poème de Li Yannian, des Han, consacré à sa sœur, la dame Li, aimée de l'empereur Wu (et dont il sera reparlé, n. 1, p. 182). Le poème dit « Au nord... », mais comme la concubine Liu se trouve à la cour des Song, l'auteur du roman a tout simplement mis « Au sud... ». Dans l'*Anthologie de la poésie chinoise classique* de Paul Demiéville (Poésie/Gallimard, n° 156), MM. Hervouet et Kaltenmark traduisent les deux derniers vers : *Qui ne sait que, les murs et le royaume à terre, / La belle à nouveau fera la fière ?* Ils ont sûrement raison. L'expression « d'un regard elle renverse les murailles, d'un autre regard elle détruit les royaumes » connut la plus grande fortune ; dit-on jamais mieux la fascination qu'exercent les femmes fatales ?

été offert par le pays Qizi. Les oreillers étaient composés de sept sortes de joyaux qui dessinaient une caille. Les draps, de couleur rouge vif, lisses et souples, uniques, étaient tissés au moyen de poils d'un animal ayant la propriété de ne pas retenir la poussière, et provenaient du pays Tili (Corée). La couverture était brodée de trois mille canards mandarins dans un entrelacs de fleurs et feuillage et décorée de perles scintillantes, dites « âme de millet », semblables à des grains de millet de cinq couleurs. Le rideau turquoise, large de trente pieds et long de cent, léger, transparent, souple et fin, incomparable. Si on le regardait au jour, la trame en était lâche et semblable à un fil de soie turquoise où auraient été enfilées des perles. Pluie et vent ne pouvaient s'y infiltrer car, disait-on, les tisserandes l'enduisaient d'huiles parfumées. Les serviettes ou mouchoirs brodés, blancs comme neige, souples comme soie, permettaient d'essuyer et éponger sans être mouillés ni souillés pendant un an, et venaient du pays Guiyu (?). Autant de cadeaux précieux, qui n'attendaient que d'être utilisés par la *guifei* Liu. Il y avait encore des épingles de tête de neuf variétés de jade, des boules qui-chassent-la-colère, un *ruyi* de jade [1], des vêtements de fine soie, un chasse-mouches en barbe de dragon. Les épingles de tête étaient ornées de neuf phénix, chacun composé de neuf couleurs, et portaient gravés les caractères : *Filles de jade, travail d'une exquise finesse qui ne semble pas fait de main d'homme*. Les boules étaient en corne de rhinocéros ;

1. *Ryui* (pron. jou-i), littéralement « selon l'idée », « à votre guise », est un mot d'autant plus intraduisible qu'il désigne un objet de forme indéterminée, comme un bâtonnet curviligne, ne pouvant servir à rien et destiné à être tenu à la main avec élégance.

les tenir préserve de la colère. Le *ruyi* de jade présentait à son extrémité une sorte de pêche percée de sept orifices, symbole de clairvoyance. Les vêtements en soie de dragon ne pesaient pas[1] deux *liang*, ils auraient tenu dans la main. Le chasse-mouches était de couleur pourpre, comme de belles mûres, et mesurait dans les trois pieds. Le manche était de cristal, le bouton de jade rouge. Lorsque le vent et la pluie obscurcissaient le ciel, et que l'humidité imprégnait l'air, il se dressait, scintillant et resplendissant, comme saisi de fureur et prêt à s'envoler. Dans la salle où on le pendait, n'entraient ni mouches le jour ni moustiques la nuit. Si on le faisait siffler, coqs et chiens se taisaient. Si on le penchait au-dessus d'un étang, poissons et crustacés s'approchaient avec respect. Si on en fouettait l'eau, il se formait des cataractes. Si on le maintenait sur un brasier où grillait de la chair d'hirondelles, les fumées s'élevaient et gagnaient les nues[2].

Ces rares présents attendant d'être offerts à Liu *guifei*, toutes choses convenablement disposées, les préparatifs achevés, pouvait-on imaginer que les espions de Hailing lui annonceraient que la *guifei*, entre-temps, avait rendu l'âme ! Très affecté, Hailing [n'en mit pas moins son armée en marche]. Il décréta qu'après l'extermination des Song, la dépouille de Liu *guifei* serait ramenée, afin qu'il puisse la contempler et apaiser les tourments de son cœur.

---

1. A partir de ce point, la fin manque dans l'unique exemplaire retrouvé à ce jour. La suite est empruntée à la version abrégée de Feng Menglog, qui ne devrait plus présenter ici de notables différences.

2. Le chasse-mouches, souvent représenté dans la main des immortels, n'est autre qu'un dragon.

De ton vivant, nous n'avons pu nouer la ceinture des canards mandarins.
Après ta mort, Li Shaojun[1] *déploierait en vain ses sortilèges.*

Alors que Shizong n'était encore que préfet de Qinan, son épouse, née Wulinda [charmait tous les cœurs] :

Teint d'extrait de jade glacé ;
Taille souple, haleine embaumée ;
Gracieuse, modeste et sage ;
Qui ne se tourne à son passage !

Le bruit de cette beauté vint aux oreilles de Hailing, qui voulut l'avoir. Mais dame Wulinda, digne et réservée, ne lui en fournissait pas l'occasion. Finalement, il la convoqua [purement et simplement]. Shizong, outré, voulait s'opposer au décret impérial et ne pas la laisser partir. Dame Wulinda lui dit en pleurant : « Le corps de votre épouse vous appartient, elle ne se remariera jamais. La résolution de votre épouse [est entière], elle ne se

1. L'empereur Wu des Han (140-87) aimait la dame Li. Quand elle mourut, le magicien Li Shaozheng (ici Li Shaojun) lui permit de la voir encore une fois en la faisant apparaître derrière un écran. Cf. *Shi ji, Han shu*, également dans *A la recherche des esprits*, conte 44, traduction du *Shou shen ji*, sous la direction de Rémi Mathieu, coll. « Connaissance de l'Orient », Gallimard, 1992. L'empereur écrivit ensuite un beau poème nostalgique, dont on comparera avec intérêt les traductions van Gulik (*La Vie sexuelle dans la Chine ancienne*, éd. cit.) et Demiéville (*Anthologie de la poésie chinoise classique*, éd. cit.), commençant par *Plus n'est le frou-frou de ses manches de soie*... Le poème *D'un regard elle renverse les murailles*... évoqué à la n. 1, p. 179, était donc de son frère et en son honneur. Certainement une grande inspiratrice.

laissera pas souiller par l'empereur. Mais si je ne me soumets pas à l'ordre je manque à l'obéissance ; si vous n'acceptez pas le commandement vous manquez au respect. L'empereur vous condamnerait à mort. Quelle excuse pourriez-vous présenter ? Laissez-moi partir, je trouverai en cours de route une échappatoire qui ne vous impliquera pas. » Shizong pleurait et tentait de la retenir. Dame Wulinda demeura inébranlable et le quitta. Elle chemina, pénétrée de tristesse et d'angoisse. Parvenue à un lieu nommé Lianxiang, elle cousit ses habits sur elle, comme pour enfermer son corps à l'intérieur, écrivit un poème sur le pan de sa robe, et se suicida. Voici ce poème :

Le temps d'un tournemain, de la vie à la mort.
Le cœur de l'empereur est un loup furieux,
La recherche effrénée du plaisir le dévore.
O luxure fatale ! O stupres odieux !
Morte, ma dépouille ne sera profanée ;
Mon époux sera sauf et mon clan honoré.

Dame Wulinda n'était plus. Le porteur du décret rapporta la nouvelle. Hailing feignit l'affliction et ordonna de renvoyer le corps à Shizong. Shizong ouvrit le cercueil. Le visage paraissait vivant, seul un peu de sang marquait le coin des lèvres. Il étreignit les restes de son épouse et, accablé de douleur, l'ensevelit cérémonieusement. Lorsque, par la suite, Shizong accéda au trône, il régna vingt-neuf ans sans prendre de nouvelle impératrice, en souvenir de dame Wulinda.

Ainsi s'achève notre récit.

D'ailleurs, le terme était proche. Hailing envoya ses armées envahir le Sud. Pour construire une flotte de guerre sur le fleuve Bleu, on abattit les chaumières des paysans afin de se procurer des matériaux ; on fit bouillir les cadavres des défunts pour en extraire la graisse. Dilapider les ressources de l'Etat comme boue et sable, faucher les vies humaines comme herbe ou roseau… Tandis que ses troupes ravageaient le Sud, et en raison des plaintes et souffrances du peuple, les dignitaires [de la capitale] désignèrent Wulu, duc du pays Cao, comme empereur et le couronnèrent à Liaoyang (Mandchourie). Le nouveau souverain prit le nom de Yong et changea le nom d'ère en Dading (Grande Pacification). Hailing se trouvait destitué à distance et ramené au rang de prince. Quand il apprit ces nouvelles, Hailing s'écria : « Après avoir exterminé [l'armée du] Sud, Notre intention était précisément de changer le nom d'ère en Dading. Ce qui arrive aujourd'hui n'exprime-t-il pas la volonté du ciel ? » Il exhiba une proclamation déjà rédigée : *Dès que je prendrai les armes, l'empire [connaîtra une] Grande Pacification* ; et la présenta à ses ministres et conseillers comme preuve du changement de nom d'ère. Puis il réunit ses généraux et ordonna aux troupes de [faire demi-tour et] marcher vers le nord. Parvenus à Guazhou, Yelü, gouverneur général de la région de Zhexi (à l'ouest du Zhijiang), Yuanyi et autres résolurent de le tuer. Sa tente fut criblée de flèches. Hailing crut d'abord que les troupes Song attaquaient, mais, ramassant une flèche, il s'exclama : « Ce sont mes propres soldats ! » Il saisissait son arc pour répliquer lorsqu'il fut atteint par une flèche et tomba à terre. Nahequanlubu, vice-gouverneur de

Yan'an, le poignarda; mais ses membres bougeaient encore [1] et il fallut l'étrangler. Ses concubines, au nombre de plusieurs dizaines, furent massacrées [2]. Rappelant les innombrables forfaits de Hailing, Shizong le déclara indigne du titre de prince et indigne d'un autel dans le cimetière de la famille régnante. Il fut déchu du rang de prince et ramené à l'état d'homme du peuple. Sa sépulture fut déplacée de quarante lis en direction du sud-ouest.

Par la suite, certain lettré écrivit cette complainte :

Qui n'admire et chérit les beautés au corps fin ?
Hailing sans limite ne les aimâtes-vous !
N'ayant encore atteint le sommet des monts Wu [3]*,*
Le nom d'ère est changé, soupira-t-il en vain.
En vain soupira-t-il, en vain il soupira.
Etat perdu, clan ruiné ne reviendront !
Il périt solitaire, en chemin, sans pardon,
Laissant de par le monde le nom d'un scélérat.

---

1. La préface porte « … on lui coupa les mains et les pieds, mais il bougeait encore… »

2. Espérons que les délicieuses personnes dont nous fîmes connaissance au cours de cette histoire n'étaient pas du nombre.

3. Rappelons cette note de la préface : au moment d'attaquer la Chine du Sud, Hailing écrivit les vers : *Je mène un million d'hommes vers le lac de l'Ouest, / J'arrête mon cheval au plus haut des monts Wu.*

Achevé d'imprimer
sur les presses de

HORIZON
GROUPE

Parc d'activités de la plaine de Jouques
200, avenue de Coulin
13420 Gémenos

Dépôt légal : octobre 1999